DREAMBOOKS

환생왕

ORIENTAL FANTASY STORY & ADVENTURE

요도 김남재 신무협 장편소설

dream
books
드림북스

환생왕 11

초판 1쇄 인쇄 2020년 12월 22일
초판 1쇄 발행 2021년 1월 7일

지은이 요도 김남재
발행인 오영배
편집 편집부
일러스트 나래
표지 · 본문 디자인 오정인
제작 조하늬

펴낸곳 (주)삼양출판사 · 드림북스
주소 서울시 강북구 도봉로 173
대표 전화 02-980-2112 팩스 02-983-0660
편집부 전화 02-987-9393 팩스 02-980-2115
블로그 blog.naver.com/dreambookss
출판등록 1999년 3월 11일 제9-00046호

ISBN 979-11-283-9764-6 (04810) / 979-11-283-9753-0 (세트)

드림북스는 (주)삼양출판사의 판타지 · 무협 문학 브랜드입니다.

목차

1장. 생존
— 죽지 말아요

적련화는 머리를 굴리기 시작했다.

백아린의 눈을 속이고 숨겨 둔 가루가 천무진에게 닿도록 만들어야 하는 일이다. 파도를 이용해서 흘려보낼 생각이었기에 최대한 거리를 좁혀야 했고, 물길의 방향 또한 맞아야 했다.

적련화의 시선이 빠르게 몇 군데 위치를 훑었다.

그리고 그중에 한 곳.

'저기가 좋겠어.'

현재 물살의 방향으로 보았을 때 지금 확인한 위치가 가장 적당해 보였다. 위치는 정했으니 남은 건 백아린의 눈을 속이는 것뿐.

그리고 그러기 위해 적련화가 움직였다.

스스슥!

물 위를 떠다니는 물건들을 밟으며 그녀의 몸이 미끄러지듯이 거리를 좁혀 들어갔다. 그와 함께 사전에 전음으로 명령을 전달받은 수하들이 재빠르게 백아린을 덮치고 달려들었다.

채채챙!

백아린에게 다가가 직접적인 공격을 펼치는 건 어렵다고 생각했는지 대다수가 비수를 던지며 그녀에게 공격을 가했다. 허나 물 위를 떠다니는 판자 위에 몸을 싣고 있던 백아린은 너무도 쉽게 그 공격들을 모두 밀어냈다.

파파팡.

날아들던 비수들이 모두 바닷속으로 사라졌고, 이윽고 백아린의 공격이 이어졌다.

그르릉! 파앙!

바다를 베며 휘둘러진 대검에서 뻗어져 나온 강렬한 검기가 사방으로 요동쳤다. 동시에 순간적이나마 반대 방향으로 파도가 밀려들었고, 가까스로 균형을 잡고 있던 이들이 그 공격에 휩쓸렸다.

"커윽!"

몇 명은 검기에 휩쓸려 바다로 빠져 버렸고, 일부는 그전에 간신히 다른 곳으로 몸을 날려 공격을 피할 수 있었다. 그사이에 어느덧 거리를 좁혀 들어간 적련화가 빠르게 품 안에 있는 검 한 자루를 뽑아 들었다.

차앙!

적련화의 무기는 보통의 검보다는 짧고, 그렇다고 단검이라 보기에는 긴 중간 정도 크기를 지닌 물건이었다.

어차피 백아린을 죽일 생각으로 달려든 것이 아니었기에 적련화는 적당한 초식을 펼쳤다.

십여 개의 잔영이 순식간에 하얀 물살을 만들어 냈다.

파파팡!

백아린은 곧장 대검을 방패 삼아 공격을 받아 내며 그대로 몸을 날렸다. 단 한 번의 도약만으로 거리를 좁히고 들어오는 그녀의 모습에 적련화는 아찔한 느낌을 받아야만 했다.

'너무 빨라!'

계획을 수행하기 위해서는 우선 목숨을 부지하는 것이 먼저였고, 그녀는 서둘러 달려드는 백아린의 몸을 피해 옆으로 움직였다.

하지만 이곳은 물 위였고, 생각보다 거동을 하는 것이 쉽지 않았다.

때문에 반응이 늦을 수밖에 없었고, 그 대가로 충격파의 범위 안으로 빨려 들어가 버리고 말았다.

으드득.

정확하게 일격을 허용한 것도 아니었다. 그저 가볍게 빗맞은 정도였거늘 온몸의 뼈가 비틀리는 게 아닐까 하는 생각이 들 정도의 고통이 밀려들었다.

적련화는 그 힘에 못 이겨 그대로 내동댕이쳐졌다.

풍덩!

밀려 나간 그녀는 그대로 바다에 빠져 버렸고, 이내 물속에서 고개를 내밀었다.

물 위를 마치 땅처럼 자유자재로 밟고 다니는 백아린과 달리 적련화는 고도의 집중을 하지 않고서는 그 상태를 유지하기가 어려웠다.

수상비(水上飛:물을 밟고 달리는 경공술)의 경지만 봐도 두 사람의 실력 차가 엄연히 느껴졌다.

물 바깥으로 고개를 내민 적련화의 시선이 천무진에게로 향했다.

'거리가 조금 멀어.'

백아린이 휘두른 대검에 휩쓸리며 예상치 못하게 밀려 나가는 바람에 계산보다 훨씬 뒤편에 자리하게 된 적련화다.

하지만…….

'이게 마지막 기회일 수도 있어.'

상대가 너무 강했고, 그런 백아린을 상대로 최상의 상태를 만들어 내는 것 또한 애초부터 불가능에 가까웠다. 비록 거리는 멀었지만 그래도 이 정도라면 물살의 방향이나, 위치가 나쁘진 않았다.

품에 숨겨 둔 가루를 풀기에 더 좋은 장소를 기다리다가는 결국 시도조차 하지 못하고 숨을 거둘 수도 있는 상황.

그랬기에 적련화는 승부를 걸기로 마음먹었다.

백아린이 주변으로 달려드는 자신의 수하들로 인해 잠시 시선이 붙잡혀 있는 이때!

적련화가 슬그머니 숨겨 뒀던 통 하나를 꺼내어 들었다. 그러고는 물 위로 슬쩍 빼내더니 이내 통의 입구를 막고 있는 뚜껑을 열었다.

뽕.

소리와 함께 열린 통에서 분홍색의 가루가 슬그머니 파도를 타고 퍼져 가기 시작했다.

목표는 오직 하나.

여전히 파도 위에서 가볍게 흔들리고 있는 나무판자 위에 자리한 천무진이었다.

분홍색의 가루는 순식간에 모습을 감췄다.

하지만 적련화는 알 수 있었다. 물길의 방향이 그 가루들을 천무진에게로 인도하고 있다는 사실을.

적련화는 손으로 붉은 면사 안에 감춰진 자신의 얼굴을 쓸어내렸다. 얼굴을 적셨던 물기를 가볍게 털어 낸 그녀의 입꼬리가 슬그머니 올라갔다.

'좋아! 이제 곧……!'

파도의 움직임을 보며 모든 것이 곧 계획대로 될 거라는 생각이 머릿속에 치미는 바로 그 순간!

팡!

물보라가 일었다.

천무진이 누워 있는 나무판자가 허공으로 높게 치솟았고, 동시에 물보라가 이는 곳을 기점으로 하여 밀려든 커다란 파도가 주변을 거칠게 휩쓸고 지나갔다.

중간에 생겨난 충격으로 인해 파도는 더욱 커졌고, 바닷물은 보다 빠르게 사방으로 밀려 나갔다. 천무진에게 닿았어야 할 가루가 섞인 물들은 그가 위에 떠 있는 사이 그대로 모두 지나쳐 버릴 수밖에 없었다.

그만큼 커다란 파도가 순간적으로 생겨난 탓이다.

생각지도 못한 상황에 적련화가 멍한 눈으로 그쪽을 바라볼 때였다.

"꿍꿍이가 있을 줄 알았는데 역시나 천 공자를 노리네."

말을 내뱉는 건 바로 커다란 파도를 만들어 가루가 섞인 바닷물을 빠르게 밀어내 버린 백아린이었다.

백아린은 처음부터 적련화가 뭔가 다른 걸 노리고 있다는 사실을 눈치챘다. 그럼에도 불구하고 그냥 놔뒀던 것은 그녀가 누굴 노리는지를 알고 싶어서였다.

애초에 적련화가 자신에게 섭혼술을 사용하지 않고 무공으로만 상대한다는 사실에 의문을 품었던 백아린이다.

그랬기에 직감적으로 그 섭혼술이 천무진에게만 통하는 것이 아닐까 예상했고, 그걸 확인하기 위해 자그마한 함정을 준비해 뒀다.

그리고 적련화는 백아린의 예상대로 움직여 줬다.

덕분에 이제 그녀는 확신할 수 있었다.

천무진이 당한 건 그저 단순한 섭혼술이 아닐 거라는 사실을. 그리고 그건 천무진에게 있어서 꽤나 중요한 문제였다.

그랬기에 백아린은 굳이 이런 함정까지 만들며 적련화의 꿍꿍이를 파악해 냈던 것이다.

대검을 머리 위로 치켜든 백아린이 놀란 듯 자신을 바라보는 적련화를 응시하며 천천히 말을 이었다.

"자 그럼 볼 건 다 봤으니…… 슬슬 끝내 볼까."

말과 함께 백아린의 몸 주변으로 다시금 검은색의 검기

들이 가시처럼 피어올랐다.

허나 그 기세는 처음 적련화의 패거리를 덮쳤을 때와는 사뭇 달랐다.

아까는 겨우 아홉 개에 불과했던 검은 검기들.

허나 이번에 피어오른 숫자는 무려 열네 개에 달했다. 그리고 그건 십천야 중 하나인 왕도지를 죽였던 당시보다 무려 두 개나 더 늘어난 수치였다.

그때보다 한층 더 강해진 잔마폭멸류.

그리고 그 위력은…….

탁!

백아린이 손가락을 퉁기는 순간 검은 검기들이 날카로운 형상을 뽐내며 일렬로 늘어섰다.

바다 위에 선 채로 검은 검기들을 일렬로 줄 세운 모습에서는 말로 표현하기 힘든 박력이 느껴졌다.

그리고 이윽고 백아린의 대검이 움직이는 순간.

부웅!

지옥이 펼쳐졌다.

콰콰콰콰쾅!

한 치 앞을 분간할 수 없을 정도로 커다란 물보라가 인근을 뒤덮었다.

　　　　*　　　　*　　　　*

　좌아아악.

　물속에서 한 명의 여인이 천천히 모습을 드러냈다. 그녀는 흠뻑 젖은 상태로 바닷속에서 부두 위로 올라서고 있었다.

　여인은 백아린이었고, 그녀의 양손에는 한 명씩이 자리하고 있었다.

　백아린은 천무진을 등에 업은 채, 한 손으로 받치고 있었고, 다른 한 손에는 마치 짐이라도 끄는 듯 피투성이가 된 적련화를 끌며 모습을 나타냈다.

　그런 그녀를 향해 일련의 무리가 달려오고 있었다.

　다름 아닌 백아린의 명령에 의해 이곳 항구로 집결한 적화신루의 병력들이었다. 적화신루의 모든 병력을 총동원하여 움직인 이곳 오천의 지부장이 바닷속에서 걸어 나오는 백아린을 확인하고는 당황한 목소리로 입을 열었다.

　"사, 사총관님! 괜찮으십니까?"

　"보다시피."

　짧게 말을 끝낸 백아린은 그대로 질질 끌고 오던 적련화를 한쪽 바닥에 내팽개쳤다.

　피투성이의 그녀는 바닥에 쓰러지기 무섭게 고통스러운 표정을 지어 보였다.

하지만 겨우 그것뿐, 아무런 말도 하지 않았고 움직임조차 보이지 못했다. 이미 백아린에게 점혈을 당한 탓이다.

백아린이 말했다.

"이 여자 끌고 가요. 곧 제가 심문할 생각이니 자리 마련해 두시고요. 그리고 제일 급한 건 의원이에요. 인근에서 실력 좋은 사람들은 모두 모아 줘요."

말을 끝낸 그녀가 슬쩍 고개를 옆으로 돌렸다.

천무진은 눈만 뜬 채로 백아린의 등에 조용히 기대어 있었다. 아까보다 다소 힘이 빠진 듯한 몸 상태, 걱정이 될 수밖에 없었다.

백아린의 명령에 오천의 지부장은 수하들에게 빠르게 명령을 내렸다.

그러고는 이내 백아린에게 말했다.

"의원을 데리고 오라 했으니 우선 거처로 가시죠. 안내하겠습니다."

"부탁하죠."

말을 끝내기 무섭게 지부장이 먼저 나머지 일행들을 대동한 채로 움직이기 시작했다. 그리고 천무진을 둘러업은 백아린이 그 뒤를 쫓았다.

워낙 급박한 상황이다 보니 지부장은 인근에 가장 가까운 장소를 선택해 움직였다.

덕분에 항구에서 그리 멀지 않은 곳에 자리한 자그마한 거처에 금방 도착할 수 있었다.

거처에 들어서자마자 백아린은 곧장 천무진을 눕힐 수 있는 방으로 움직였다. 그리고 그곳에 빠르게 자리를 마련하고 그 위에 천무진을 눕혔다.

자리에 천무진을 눕힌 상태로 백아린이 급히 말을 걸었다.

"이봐요, 제 목소리 들려요?"

말과 함께 백아린은 천무진의 입가에 귀를 바짝 가져다 댔다. 하지만 들려오는 건 아주 자그마한 숨소리뿐, 아무런 목소리도 들려오지 않았다.

천무진은 마치 시체처럼 꼼짝도 하지 않았다.

그렇지만 백아린은 알고 있었다.

움직이지 못하고, 말도 못 하는 인형 같은 상태였지만 지금 이 안에 천무진의 정신이 남아 있다는 걸.

그것이 남아 있었기에 안간힘을 다해 마을 곳곳에 천(天)이라는 글자를 남겼고, 배에서도 자신을 향해 시선을 주고 있었을 테니까.

만약 그것들이 없었다면 과연 백아린이 시간 내에 천무진을 찾는 것이 가능했을까?

아니, 불가능했을 게다.

분명 천무진을 구해 낸 건 백아린이지만, 그 모든 건 이렇게 된 와중에서도 그가 어떻게든 조금씩 남긴 흔적 덕분이기도 했다.

　백아린은 자리에 누워 있는 천무진의 손을 양손으로 꼭 붙잡았다.

　그리고 그녀가 입을 열었다.

　"알고 있어요. 당신이 대답을 하지 못해도, 지금 제 목소리를 듣고 있을 거라는 걸요."

　백아린의 말에도 여전히 요지부동인 천무진. 그런 그의 손을 꼭 쥔 채로 백아린이 천천히 말을 이었다.

　"곧 의원들이 올 거예요. 고통스럽고 두렵겠지만 포기하지 말고 조금만 버텨 줘요."

　천무진을 그들 손에서 구해 내는 건 성공했다.

　하지만 그렇다고 해도 천무진의 상태가 어찌 될지는 사실 장담할 수 없었다. 계속 지금 같은 상태를 유지하게 될 수도 있고, 최악의 경우…… 이러다가 죽음을 맞이하게 될지도 모른다.

　천무진의 손을 꽉 쥔 채로 백아린이 천천히 이마를 가져다 댔다. 아직까지는 따뜻한 천무진의 손의 감촉이, 이마를 타고 전신으로 흩어져 나갔다.

　눈을 꼭 감은 채로 백아린이 간절한 목소리로 말했다.

"당신 죽으면 절대 용서 안 할 테니까. 그러니까…… 절대 죽지 말아요."

　말을 내뱉은 그녀가 그렇게 눈을 감은 채로 간절히 천무진이 살기를 기도드릴 때였다.

　그 순간.

　슥.

　미묘한 감촉이었다.

　하지만 백아린은 놀란 듯 고개를 치켜들었다. 여전히 천무진은 무표정한 얼굴로 천장을 올려다보고만 있을 뿐이다.

　그렇지만 백아린은 분명 느낄 수 있었다.

　자신의 손바닥 위에 남은 미세한 손의 움직임을.

＊　　　＊　　　＊

　백아린의 명령으로 인해 적화신루의 사람들은 오천을 비롯해 인근 마을에 있는 어느 정도 이름난 의원들을 전부 불러 모았다.

　그렇게 모여든 의원들이 천무진의 상태를 살피는 사이, 백아린은 수하들을 그곳에 둔 채 다른 장소로 움직였다.

　바로 거처의 한 곳에 갇혀 있는 적련화를 만나기 위해서였다.

급히 의원들을 불러오긴 했지만 사실 해답이 그쪽에 있을 거라고는 생각하지 않아서다. 눈을 뜨고 있지만, 자신의 의지를 보일 수 없는 상태. 지금 그런 천무진에 대해 가장 확실한 답을 줄 수 있는 건 바로 적련화였으니까.

그래서 백아린이 향한 곳은 거처 구석에 위치한 창고였다.

입구를 지키고 서 있던 적화신루 쪽 사람이 다가오는 백아린을 발견하고는 급히 예를 갖췄다.

그녀가 됐다는 듯 가볍게 손을 들어 올리고는 이내 닫혀 있는 창고 문을 열고 안으로 들어섰다.

창고 내부에는 자잘한 짐 몇 개 정도만 자리했을 뿐, 별다른 물건이 보이지 않았다. 그리고 창고 한쪽엔 점혈을 당한 채 쓰러져 있는 적련화가 있었고, 그런 그녀를 감시하기 위해 네 명의 적화신루 쪽 무인들이 자리하고 있는 상태였다.

백아린의 등장에 그들 중 하나가 입을 열었다.

"총관님 오셨습니까?"

"잠깐 둘이 할 말이 좀 있어서 그런데 모두 나가서 기다려요."

"예, 알겠습니다."

백아린의 명령에 네 명의 무인들이 곧장 창고에서 걸어 나갔다. 그렇게 열렸던 창고의 문이 다시 닫혔을 때였다.

백아린이 옆에 뒹굴고 있던 의자 두 개를 마주 보듯 세웠다. 그러고는 이내 빈자리 하나에 적련화를 앉히고는 빠르게 손가락을 움직였다.

타타탁!

몇 개의 혈도를 두드리는 순간 꼼짝도 못 하고 있던 적련화가 깊은숨을 토해 냈다.

"커헉!"

폐부에서부터 밀려오는 고통을 느끼며 자리를 박차고 일어나려 했지만 그건 불가능했다. 현재 백아린이 아혈만 풀어 준 탓에 움직일 수 있는 건 오직 입뿐이었으니까.

백아린의 입이 열렸다.

"이봐, 십천야."

"……."

자신을 부르는 목소리에 적련화가 맞은편에 위치한 백아린을 향해 슬쩍 시선을 돌렸다. 백아린은 선 채로 적련화를 내려다보고 있었다.

백아린이 그녀를 향해 말했다.

"그쪽도 십천야 맞지? 실력은 다른 십천야와 비교도 안 될 정도로 형편없긴 하던데."

말을 마친 백아린은 자신이 마주했던 그들을 하나씩 떠올렸다.

자신에게 패한 주란, 실력이 무척이나 뛰어나 보였던 반조라는 사내. 그리고 얼마 전에 죽인 왕도지와 천무진의 손에 최후를 맞이한 귀문곡의 곡주이자 십천야의 일원이었던 상무기.

거기다 지금 눈앞에 있는 이 적련화까지.

백아린이 중얼거렸다.

"그럼 내가 알게 된 십천야는 다섯인가?"

화산파의 자운이 십천야의 일원이라는 걸 모르는 상황이었기에 백아린은 자신이 만나 본 그들을 다섯이라 판단했다.

중얼거리던 그녀가 이내 눈앞에 있는 적련화에게 말했다.

"긴말 안 할게. 어차피 그쪽하고 굳이 길게 대화를 하고 싶은 생각도 없고. 내가 묻고 싶은 건 하나야."

백아린이 천천히 걸어가 양손으로 적련화가 앉아 있는 의자의 팔걸이를 움켜잡았다.

그렇게 시선을 맞춘 채로 얼굴을 들이민 그녀가 또박또박 말을 이었다.

"저 사람 원래대로 돌려놓을 방법. 넌 알지?"

물어 오는 질문에 아직까지 붉은 면사로 얼굴을 가리고 있는 적련화의 입가에 슬며시 웃음이 걸렸다. 면사로 가려지지 않은 부분이었기에 백아린은 단번에 그런 상대의 표정 변화를 읽을 수 있었다.

백아린이 슬쩍 미간을 찌푸릴 때였다.

적련화가 답했다.

"걱정할 필요 없어. 곧 원래대로 돌아올 테니까."

적련화의 대답에 백아린은 잠시 말없이 그녀를 바라봤다.

그러고는 이내 볼을 긁적이며 입을 열었다.

"의외네. 이렇게 순순하게 대답할 줄은 몰랐거든. 한다고 해도 뭔가 속이려고 할 줄 알았는데……."

"킥! 그럴 필요가 없거든."

"……그럴 필요가 없다? 무슨 의미지?"

"말한 대로 어차피 시간이 지나면 회복세가 눈에 보일 텐데 굳이 거짓말을 한다고 먹힐 것 같지도 않아서 말이야. 애초에 천무진은 죽어서도 안 되고. 그리고 결정적으로…… 어쩌면 차라리 나에게 조종당하며 사는 것이 그에게는 더 나았을지도 모르니까."

내뱉어지는 적련화의 말에 백아린은 이해할 수 없다는 듯한 표정을 지어 보였다. 천무진이 죽어서는 안 된다는 말도 그렇지만, 오히려 자신에게 조종당하는 것이 더 나았을지도 모른다는 것 또한 납득이 되지 않았다.

백아린이 물었다.

"그건 무슨 헛소리야?"

"아쉽지만 그건 너한테 얘기해 줄 생각이 없어서 말이야."

천무진의 상태가 곧 돌아올 거라는 건 아무렇지 않게 말했던 적련화지만, 이번에 내뱉은 말에 대해서는 굳이 설명할 생각이 없어 보였다.

그리고 백아린 또한 그런 말 하나하나에 전부 휘둘릴 생각은 없었다.

그래서 백아린은 방금의 얘기를 추궁하는 대신 오랫동안 품어 왔던 의문에 대한 질문을 던졌다.

"십천야, 너희의 정체는 대체 뭐지?"

"글쎄."

십천야를 뭐라고 정의해야 좋을까?

웃고 있던 적련화의 입이 움직였다.

"우리는 말이야, 아주 특별한 존재들이야. 선택받은 이들이지. 그렇기에 우리는…… 위에 올라서야만 해."

말을 내뱉는 그녀의 목소리에는 자신감이 가득했다. 그만큼 스스로 내뱉는 말에 커다란 확신을 지니고 있다는 의미였다.

그런 적련화를 보며 백아린이 고개를 작게 젓고는 중얼거렸다.

"이거 병이 심각하네."

"지금 뭐라고……."

"그렇게 특별하고 선택받았다는 자들이 어린아이들을 가지고 그런 짓을 벌여? 헛소리 좀 작작해."

어린아이들을 가지고 인체 실험을 벌여 대던 일들을 떠올리며 백아린이 차갑게 말을 내뱉었다.

그러고는 이내 그녀의 시선이 적련화의 얼굴을 가리고 있는 붉은 면사로 향했다.

아직까지 면사로 가리고 있는 탓에 얼굴을 보지 못했기에…….

"그렇게 대단한 사람이 어떻게 생겼는지 한 번 볼까?"

말을 끝낸 백아린의 손이 천천히 앞으로 향했다.

그 순간이었다.

여태까지 계속 침착하게 대꾸하던 적련화가 발작하듯 소리를 내질렀다.

"손 치워! 죽여 버리기 전에!"

죽이겠다며 바락바락 악을 써 대는 적련화.

허나 그런 그녀의 협박은 백아린에게 씨알도 먹히지 않았다. 아랑곳하지 않으며 손을 뻗은 백아린의 손이 붉은 면사를 강하게 움켜쥐었다.

그러고는 이내.

타악!

소리와 함께 붉은 면사가 단번에 벗겨졌고, 그렇게 드러난 적련화의 얼굴. 그녀의 얼굴을 마주하는 순간 백아린은 움찔할 수밖에 없었다.

붉은 면사 뒤에 감춰진 적련화의 얼굴은…… 생각과는 너무도 달랐으니까.

그 안에는 충격적이게도 흉측해 보이는 얼굴이 있었다.

얼굴은 마치 노인을 연상케 할 정도로 주름이 자글자글했고, 눈 주변의 피부는 새카맣게 변색되어 있었다. 볼에는 마치 전염병이라도 걸린 사람처럼 울긋불긋한 종기가 빼곡히 자리하고 있었다.

그리고 그 외의 부분은 마치 시체라도 된 것처럼 핏기조차 보이지 않는 너무도 특이한 외모였다.

멀쩡한 부분은 면사 아래로 모습을 드러내고 있던 입과 턱 부분뿐이었다.

얼굴에 가득한 주름만 보자면 팔십은 훌쩍 넘었다고 생각해도 이상할 것이 없어 보였지만 실제 그녀는 서른 정도밖에 되지 않았다.

얼굴을 제외한 부분에서 그녀의 나이가 그리 많지 않다는 걸 알고 있던 백아린으로서는 도저히 이해할 수 없는 모습이었다.

이건 그저 단순히 추하고 말고의 문제가 아니었다.

마치 독에 당해 흉측하게 변해 버린 얼굴을 마주한 느낌이었다.

백아린이 놀란 듯 눈을 치켜뜬 채로 물었다.

"……몸에다가 무슨 짓을 한 거지?"

"으으으으!"

백아린의 질문에도 적련화는 이를 뿌드득 갈면서 살기 어린 눈빛을 쏘아 보낼 뿐, 아무런 대답조차 하지 않았다.

적련화는 거의 눈이 뒤집힐 정도로 화가 치솟은 상태였다.

백아린이 그런 그녀를 향해 뭔가를 더 물으려는 바로 그때였다. 창고 바깥에서 수하의 다급한 목소리가 들려왔다.

"총관님! 천룡성의 분에게 뭔가 일이 생겼답니다! 서둘러 가 보셔야 할 것 같습니다!"

그 말을 듣는 순간 백아린은 고개를 돌려 문 쪽을 바라봤다. 궁금한 것이 남아 있었지만, 지금은 천무진이 먼저였다.

서둘러 바깥으로 나가기 위해 백아린이 막 몸을 돌리는 그때였다.

얼굴 가득 분노를 쏟아 내고 있던 적련화가 입을 열었다.

"헛수고가 될 거야."

"……?"

자신을 향한 그녀의 말에 백아린이 잠시 고개를 돌렸을 때였다. 백아린을 향해 비웃음을 날린 적련화가 이윽고 말을 이었다.

"어차피 넌…… 그를 구할 수 없을 테니까. 아니, 세상 그 누구도 그를 구할 순 없어. 그게 그의 운명이니까."

말을 내뱉으며 의미심장한 표정을 지어 보이는 그녀.

그런 그녀를 향해 백아린이 픽 웃으며 대꾸했다.

"운명 같은 소리 하네."

창고에서 소리를 내질러 대던 적련화의 아혈을 다시금 점혈한 백아린은 곧바로 천무진이 누워 있는 방으로 향했다. 인근에서 데리고 온 다섯 명의 의원들 모두가 방 바깥에서 대기한 채로 서성이고 있었다.

서둘러 다가간 백아린이 물었다.

"무슨 일이죠? 뭔가 일이 생겼다고 들었는데요."

"그것이……."

의원 중 한 명이 중얼거릴 때였다.

옆에 자리하고 있던 적화신루 쪽 무인이 대신하여 입을 열었다.

"천룡성 무인분이 일어나셨습니다."

"그래요?"

백아린이 얼굴에 화색을 띠었다.

적련화에게 시간이 지나면 알아서 회복이 될 거라는 말은 듣긴 했지만, 생각보다 더욱 빨랐기 때문이다.

백아린이 혹시나 하는 생각에 옆에 자리하고 있는 의원들에게 물었다.

"왜 그런 상태가 되었는지 알아내신 것들 있나요?"

그녀의 질문에 다섯 명의 의원들 모두가 꿀 먹은 벙어리가 된 것처럼 입을 닫았다. 허나 백아린은 그들을 탓하지 않았다. 애초부터 알아내기 어려울 거라는 걸 예상했었으니까.

백아린이 고개를 끄덕이며 말했다.

"어쨌든 수고들 하셨어요. 한 분을 제외하고는 모두 돌려보내도록 해요."

혹시 모를 상황을 대비하고자 한 명의 의원을 이곳에 대기시켜 두고, 나머지는 모두 돌려보내라는 명령을 내린 백아린은 곧장 방 안으로 들어섰다.

들어선 방 내부.

그런데 내부는 조용했다. 천무진은 죽은 듯이 누워 있었고, 이미 어둑해진 주변 때문인지 방 내부도 다소 캄캄했다.

백아린이 천천히 침상 쪽으로 다가갔다. 그곳에는 눈을 감은 채로 조용히 숨을 내쉬고 있는 천무진이 자리하고 있었다.

천무진이 자리한 침상 바로 옆에 선 백아린이 천천히 입을 열었다.

"내 목소리 들려요?"

백아린의 말에 천무진은 잠에라도 빠진 것처럼 아무런 대꾸가 없었다. 그런 그를 걱정스러운 시선으로 가만히 내려다보는 그때.

갑자기 굳게 닫혀 있던 천무진의 입이 슬그머니 열렸다.

"······들려."

목소리를 듣는 순간 백아린은 이상하게 눈물이 핑 돌았다.

이유는 모르겠다.

그냥······ 방금 전까지 아무런 말도 하지 못하던 그가 스스로의 의지로 말을 내뱉었다는 사실이 이상하게 마음을 울렁이게 만들었다.

생각지도 못하게 눈물이 주르륵 흘러내리는 것에 당황한 백아린이 소매로 눈가를 닦아 낼 때였다.

힘겹게 눈을 뜬 천무진은 자신을 바라보며 눈물을 닦아 내는 그녀를 발견하고는 어렵게 말을 이었다.

"뭐야. 설마 울고 있는 거야?"

"울긴 누가 울었다고 그래요."

"누가 봐도 지금 울고 있는데."

"……당신이 다시 말을 하는 게 무척이나 반가웠나 보죠."

말을 하며 백아린은 괜스레 웃어 보였다.

그러고는 이내 툴툴거리는 목소리로 천무진에게 말했다.

"이렇게 걱정시킬 거예요?"

"……미안."

천무진이 힘겹게 말을 내뱉었다.

사실 백아린에게 하고 싶은 말이 너무도 많았다.

스스로의 의지로 움직일 수도, 말을 할 수도 없었지만 모든 걸 봤으니까.

자신을 구하기 위해 달려오던 그녀의 모습이 아직도 눈에 선했다.

천무진은 알고 있었다.

그대로 그 배를 타고 떠났다면 다시는 자신의 의지로 이렇게 입을 열 수 없었을지도 모른다는 사실을.

모든 것이 끝났다고 포기하는 순간, 천무진에게 내리쬔 한 줄기의 빛.

백아린, 바로 그녀.

어찌 이 많은 감정들을 설명할 수 있을까.

지옥과도 같았던 그 과거의 삶이 반복되려는 순간 자신을 구해 준 백아린에게 천무진은 이루 말로 형용할 수 없는 많은 감정들을 느꼈다.

지금 이 몸 상태로 긴 대화가 무리라는 건 너무도 잘 알았다.

하지만 그럼에도 불구하고 꼭 해야만 하는 말이 있었다.

천무진이 입을 열었다.

"백아린."

"……?"

왜 그러냐는 듯 자신을 바라보는 백아린.

그녀를 향해 천무진이 천천히 말을 이었다.

"당신을 만나서…… 다행이야."

그 한마디에는 참으로 많은 감정이 담겨 있었다.

말을 하기도 힘든 몸으로 어떻게든 감사의 마음을 전하는 천무진의 심정이 어떤지 알기에…….

백아린이 천무진을 향해 고개를 내려 얼굴을 가까이한 채 작은 소리로 중얼거렸다.

"축하해요. 돌아온 거."

2장. 유유상종
― 박살 내자고

그 길은 끝이 없는 어두움만 가득했다.

'여긴 어디일까?'

의문은 들었지만 천무진은 그저 걸을 수밖에 없었다. 길은 하나였고, 그 좁은 길의 양쪽은 새카만 어둠만이 맴돌았다.

숨 쉬는 것조차 어려울 정도로 공기는 텁텁했고, 머리는 어지러웠다. 다리는 마치 천 근은 족히 되는 쇳덩이가 달린 것처럼 무거웠다.

끝을 알 수 없지만, 그렇다고 멈출 수도 없는 어둡기만 한 길을 걷는 것 말고는 천무진은 아무런 것도 할 수가 없었다.

그렇게 끝없는 길을 걸으며 천무진은 알 수 있었다.

이 길의 끝이…… 없을 거라는 사실을.

그나마 보이던 길들마저 그렇게 점점 어둠에 휩싸이며 사라져 가던 도중.

그 짙은 어둠을 가르며 뭔가가 날아들었다.

커다란 바람을 일으키며 날아드는 정체불명의 무엇인가가 눈에 들어오는 순간 주변에 있던 어둠이 무섭도록 빠르게 밀려 나갔다.

화악!

그 순간 천무진의 눈에는 똑똑히 보였다.

커다란 대검을 휘두르는 너무도 익숙한 여인, 백아린의 모습이.

백아린의 대검이 어둠을 가르며 그녀가 자신에게 날아드는 순간, 닫혀 있던 천무진의 눈이 열렸다.

번쩍.

놀란 듯 눈을 뜬 천무진은 자신도 모르게 상반신을 벌떡 일으켜 세웠다. 다소 하얗게 질린 얼굴과 땀투성이의 몸. 하지만 천무진의 몸은 그의 의지대로 움직이고 있었다.

바로 그때 옆에서 익숙한 목소리가 들려왔다.

"악몽이라도 꿨어요?"

들려오는 걱정스러운 목소리에 천무진의 시선이 그쪽으

로 향했다. 그리고 그곳에는 언제부터 자리하고 있었는지 모를 백아린이 있었다.

천무진은 자신에게 다가오는 그녀를 가만히 바라봤다.

백아린이 걱정스레 손바닥으로 천무진의 이마를 짚으며 중얼거렸다.

"열은 좀 내린 거 같은데."

그녀의 목소리에 천무진은 이상할 정도로 평온을 되찾았다.

천무진이 말했다.

"언제부터 여기에 있었어?"

"얼마 안 됐어요. 한…… 반 시진 정도?"

"뭐야, 얼마 안 된 게 아니네. 왜 그런 괜한 고생을 해. 좀 쉬고 있지."

반 시진이라는 말에 천무진이 놀란 듯 말했고, 그런 그를 향해 백아린이 웃으며 답했다.

"그냥 혼자 두고 싶지 않아서요."

"……."

천무진이 아무런 말도 못 하는 사이 어느덧 옆으로 의자를 가져온 그녀가 자리에 앉았다.

그녀가 물었다.

"몸은 좀 어때요?"

"많이 나아졌어. 그런데 시간이 얼마나 지난 거지?"

눈물을 흘리는 백아린과 마주하고 다시금 깊은 잠에 빠졌던 천무진이다. 그리고 이제야 정신을 차리고 눈을 뜬 상황.

그의 질문에 백아린이 답했다.

"이틀을 꼬박 자던데요."

"이틀이나 지났다고?"

놀란 듯 되묻는 천무진을 향해 백아린이 고개를 끄덕이며 답했다.

"너무 안 일어나서 걱정했다고요."

"……또 걱정을 시켰군."

"어? 뭐라고 하는 거 아닌데."

뭔가 미안한 표정을 짓는 천무진을 향해 백아린이 당황한 듯 손사래 쳤다. 그런 그녀를 올려다보던 천무진이 이내 물었다.

"어떻게 날 찾았지?"

물어 오는 질문에 백아린이 허공에다 손가락을 가리킨 채로 가볍게 움직였다.

그녀가 허공에 천(天)이라는 글자를 획획 그리고는 답했다.

"어떻게 찾긴요. 당신이 힘겹게 남겨 놓은 이 '천'이라는 글씨를 보고 알아냈죠."

"……그 말도 안 되는 흔적을 찾은 거야?"

곳곳에 남겨 두긴 했지만 사실 천무진으로서는 가능성이 없는 도박이라 여겼다.

이런 글자만 보고 자신을 찾아낼 수 있는 확률은 너무도 낮다고 생각했으니까. 허나 그걸 알면서도 천무진은 사력을 다해 천이라는 글자를 남길 수밖에 없었다.

할 수 있는 것이…… 그것밖에 없었으니까.

놀란 듯 물어 오는 천무진을 향해 백아린이 말했다.

"그럼요. 그 힘든 와중에 남겨 놓은 이 글씨 덕분에 당신을 찾을 수 있었어요. 정말 잘했어요."

자신의 덕이라 말하는 그녀를 보며 천무진은 고개를 저었다.

분명 사력을 다한 것은 사실이지만 이것만 보고 자신의 위험을 감지하고, 또 찾아낼 수 있는 건 세상을 전부 뒤져 본다 한들 이 여인밖에 없으리라.

천무진이 입을 열었다.

"겨우 그 정도 흔적으로 날 찾아내는 건…… 당신 아니면 누구도 하지 못할 일일걸."

"왜 이렇게 칭찬이에요. 쑥스럽게."

옆에 앉아 있는 백아린이 어색한 듯 입가를 가리며 중얼거렸다.

그런 그녀를 바라보던 천무진이 이내 또 하나 질문을 던졌다.

"그런데 대체 어떻게 여기에 있었던 거야?"

사실 천무진은 이해가 되지 않았다.

자신과 백아린은 아예 목적지가 달랐다. 둘 사이의 거리만 해도 무척이나 멀었기에, 제아무리 서둘러 움직였다고 해도 그녀가 이곳에 도착하기도 전에 자신의 배는 떠났어야 옳다.

천무진의 질문에 백아린이 답했다.

"아, 그게 사실은 이번에 저희가 각자 움직이게 된 이것들이 모두 함정이었어요."

"함정이라니?"

"귀문곡의 거점을 치러 갔는데 이미 그곳에도 저와 부총관을 제거하기 위한 함정이 준비되어 있더라고요. 그래서 그걸 해결하자마자 뭔가 다른 쪽도 위험할 확률이 있다고 생각해서 둘이서 각자 한 명씩을 돕기 위해 움직였어요."

대충 상황을 설명한 백아린은 천무진이 대략 이해한 것 같자, 그곳 귀문곡의 거점에서 있었던 일 같은 걸 세세하게 이야기하기 시작했다.

누운 채로 이야기를 듣고 있던 천무진이 고개를 끄덕이며 물었다.

"그렇다면 애초에 그 거짓 정보는 날 노린 건가?"

"지금으로선 그럴 공산이 크긴 하지만…… 다른 가능성도 배제하진 않고 있어요."

천무진을 노렸다고 보기에는 뭔가 석연치 않은 부분이 있었다.

떨어트려 놓기만 해도 충분했을 상황에서 굳이 귀문곡의 인원들을 자신들이 가는 곳에 배치시켜 두었다거나 하는 몇몇 부분이 다소 마음에 걸렸다.

얘기를 마친 백아린이 슬쩍 천무진의 모습을 살폈다.

백아린 또한 천무진에 대해 알고 싶은 것이 있었기 때문이다. 허나 지금 같은 상황에 이런 질문을 하는 것이 맞나 잠시 고민하던 그녀가 이내 마음을 정했는지 조심스레 입을 열었다.

"……묻고 싶은 게 있어요."

"뭔데?"

"그 여자 말이에요. 솔직히 말해서 당신을 어떻게 할 수 있는 수준이 아니라고 보이거든요."

천무진을 조종하려던 여인 적련화와 직접 겨뤄 본 백아린이다. 그녀의 섭혼술이나, 얕은 실력으로 어찌할 만큼 천무진은 만만치 않았다.

백아린이 곧바로 말을 이었다.

"무슨 일을 당한 건지 말해 줄 수 있겠어요? 혹시 좀 말하기 어렵다거나, 괴로우면 나중에 해도……."

"아니, 지금 하지."

며칠 전에 겪었던 일이다. 그만큼 정확하게 모든 것들을 기억하고 있었다.

천무진이 천천히 말을 이었다.

"그 여자가 나타나는 순간 갑자기 온몸이 마비된 것처럼 움직이지 않았어. 그리고 부탁이 있다며 입을 여는 그 순간…… 여기에서부터 정체를 알 수 없는 고통이 밀려오더군."

말을 마친 천무진은 손으로 자신의 가슴 부분을 어루만졌다.

이야기를 가만히 듣고만 있던 백아린이 놀란 듯 물었다.

"뭐 특별한 것도 없이 갑자기 그랬다고요?"

"응. 신기하게도 마치 내 몸이 기다렸다는 듯 그 여자에게 반응하더군."

"의심스러웠던 거 없어요?"

"그저 향기가 조금 났던 것 정도?"

"향기라면 아마도 우리가 손에 넣은 그 흑주염일 확률이 높아요. 당신을 다시 조종하려고 그 여자가 바닷물에 가루를 푸는 걸 봤거든요. 색깔이 흑주염의 것과 똑같은 빛을 띠고 있었어요."

일부러 함정을 파고 적련화가 뭔가 수상쩍은 수를 쓰도록 기다렸던 백아린이다. 덕분에 얻게 된 단서, 그랬기에 지금 의선이 연구하고 있는 흑주염 또한 천무진을 조종하는 것에 있어 모종의 관계가 있을 거라는 확신을 얻을 수 있었다.

애초부터 흑주염이 관련이 있다는 건 어느 정도 예상했던 바지만 그랬기에 또 의문이 남았다. 천무진은 이미 직접 흑주염을 접한 적이 있고, 그때에는 아무런 반응도 보이지 않았던 것이다.

그렇다면 뭔가 흑주염을 제외하고 다른 이유 또한 있다는 소리인데…….

이야기를 전부 전해 들은 백아린이 어렵다는 듯 가볍게 볼을 긁적였다. 천무진에게서 들은 것만으로는 추가적인 뭔가를 파악하기가 어려웠다.

백아린이 입을 열었다.

"그게 전부라면…… 당장 뭔가 더 알아내기는 어렵겠네요."

아쉽다는 듯한 백아린의 말투.

그 순간 천무진이 천천히 입을 열었다.

"아니, 의심스러운 게 하나 있긴 해."

"그게 뭐죠?"

천무진의 의미심장한 말에 백아린이 눈을 빛내고 물어올 때였다.

그가 말했다.

"기억해? 우리가 흑마신을 죽이러 갔던 그 섬 말이야."

"당연히 기억하죠. 사해도에서 아이들을 구해서 나왔었잖아요. 그리고 그곳에서 적면신의를 찾아 잡아 왔고요. 그런데 갑자기 사해도는 왜요?"

"그럼 그것도 기억해? 적면신의가 아이에게 먹이려고 하던 그 벌레."

"벌레라면…… 자모충(子母蟲)이요?"

남만 일부 지역에만 존재하는 특이한 벌레.

그리고 인간 몸에서 기생하는 그 벌레를 기억해 낸 백아린이 되물을 때였다.

천무진이 말했다.

"확실치 않지만 내 예감이 맞는다면……."

그가 천천히 말을 이었다.

"지금 내 몸 안에 그 벌레가 있을지도 모른다는 생각이 들어서."

✳　　✳　　✳

　백아린이 천무진을 구해 내고 병간호를 하는 사이.

　단엽을 위해 움직였던 한천 또한 바삐 움직이고 있었다. 다행히도 단엽에게는 아무런 일도 없었고, 그 덕분에 한천은 백아린이 시킨 다른 임무에 더욱 열중할 수 있었다.

　그 임무란 바로 이번에 날아든 가짜 정보에 관련된 것이었다.

　어디서 이 가짜 정보들이 날아왔는지, 또 정확하게 누가 보냈는지를 알아내야 했다.

　그런데…….

　정보를 전달받아 안의 내용을 확인한 한천의 눈초리가 슬며시 가늘어졌다. 그와 동행 중인 단엽이 표정 변화를 보이는 한천을 향해 입을 열었다.

　"왜 그래? 뭐 알아낸 거야?"

　"뭐 아직 조금 더 알아보긴 해야겠지만…… 의심스러운 꼬리는 잡아낸 것 같아."

　자신들에게 오는 정보를 꼬고, 비틀어서 전달하게 하긴 했지만, 결과적으로 그 모든 것들은 한 곳을 통해 전달이 될 수밖에 없었다.

물론 정보를 준비한 상대가 이런 걸 모르지는 않았을 게다.

하지만 그럼에도 불구하고 이 같은 작전을 짠 이유는 너무도 단순하다.

백아린과 한천이 죽을 거라 장담했으니까.

둘의 진짜 정체도, 실력도 모르는 자들이다 보니 귀문곡의 인물들이면 충분히 정리가 될 거라 판단한 게 분명했다. 그리고 일반적으로 생각한다면 그건 틀린 판단이 아니었다.

어찌 적화신루의 총관과 부총관 단둘이 백여 명이 넘게 준비된 귀문곡의 무인들을 상대로 살아서 돌아올 수 있겠는가.

애초의 계획대로 되었다면 거짓 정보를 흘린 건 아무런 문제도 되지 않았을 것이다.

죽은 자는 말이 없는 법이니까.

그래도 혹시 모를 상황을 대비하기 위해 잔머리를 써서 정보를 조금 섞어 두기도 하고, 또 의심스러운 다른 경로들을 만들어 둔 것도 사실이지만…….

상대는 바로 한천이었다.

그의 눈에는 그런 잔속임수들 정도는 너무도 쉽게 걸러졌다.

한천이 속으로 중얼거렸다.

'이총관 황균이라.'

이번 일의 배후에는 분명 그가 관련되어 있었다. 하지만 과연 이자가 이 모든 일을 주도한 주모자일지에 대해서는 굳이 깊게 생각해 보지 않아도 알 수 있었다.

'황균은 이런 일을 스스로 판단해서 벌일 작자는 아니지. 그렇다면 누가 옆에서 바람을 넣은 것이 분명한데 말이야.'

그리고 바람을 넣은 그자에게는 불운하게도 그게 누구인지 한천은 단번에 알아차릴 수 있었다.

'역시 육총관 어교인가?'

어교연이 이곳 광동성으로 왔다는 사실은 최고 상층부에 자리한 세 명만이 알고 있는 일이다. 그리고 아쉽게도 그 셋 중 하나가…… 바로 한천이었다.

적화신루의 진짜 루주인 백아린의 오른팔인 한천.

그는 이미 오래전부터 광동성에 어교연이 왔다는 사실을 알고 있었다. 그녀가 자신의 담당 구역을 벗어났다는 사실을 알고도 그냥 모른 척했던 것뿐이다.

백아린 또한 사사건건 걸고넘어지는 그녀를 좋아하지는 않았지만 적화신루를 위해서 그런 자잘한 시비 정도는 그냥 눈감아 주고 있었으니까.

광동성에 온 어교연이 황균을 만났다는 것도 알고 있었던 바.

그들 사이에서 어떠한 일들이 벌어졌을지 얼추 그림이 그려졌다.

하지만…….

'확실히 해야겠지?'

만약의 경우 일이 틀어졌을 상황에서 빠져나갈 최후의 수법이 무엇인지 한천은 이미 너무도 잘 알고 있었다.

그리고 한천은 그들에게 그런 수를 쓸 기회 따위는 주지 않을 생각이었다.

생각을 정리한 한천이 옆에 멀뚱거리며 서 있는 단엽의 어깨에 손을 둘렀다.

그런 그의 모습에 정면에서 대기하고 있던 대홍련의 무인들이 깜짝 놀랐지만 정작 당사자인 단엽은 아무렇지 않아 보였다.

단엽이 물었다.

"이제 어쩌려고?"

물어 오는 질문에 한천이 픽 웃으며 답했다.

"가자고. 좀 서둘러야 될지도 모르겠네."

"급한 일이야?"

물어 오는 단엽을 향해 한천이 답했다.

"잡아야 할 놈들이 있는데 말이야. 그놈들이 꼬리를 자르려고 하기 전에…… 몸통을 박살 낼 생각이라서."

한천의 말에 단엽이 씩 웃으며 말을 받았다.

"그거 뭔가 재밌어 보이는데?"

"그치? 박살 내 버리자고!"

상대방을 박살 내자며 신나게 웃고 있는 단엽과 한천의 모습에 대홍련 무인들은 절로 이런 말이 떠오를 수밖에 없었다.

……유유상종(類類相從)이란 말이.

*   *   *

"……만나고 싶어."

깊은 침묵 끝에 나온 천무진의 그 한마디. 그런 그를 향해 백아린이 걱정스러운 시선을 보내고 있었다.

"정말 괜찮겠어요?"

"응."

천무진은 최대한 담담하게 대답했다. 하지만 그 와중에도 슬며시 떨려 오는 목소리가 지금 천무진의 진짜 속마음을 말해 주는 듯했다.

허나 그럴 수밖에 없었다.

천하의 천무진이라고 할지라도 이 상대만큼은 부담스러울 수밖에 없었으니까.

저번 생에서 자신을 조종했고, 이번 생에서조차 조종에 성공할 뻔했던 여인.

지금 그는 이곳에 갇혀 있는 그 여인을 직접 만나고 싶어 하고 있었다. 사실 백아린은 가능하면 천무진이 그녀를 만나지 않기를 바랐다.

또 무슨 일이 일어날 가능성을 배제할 순 없었기 때문이다. 하지만 그러면서도 천무진의 마음을 이해했다.

그토록 긴 시간 그를 조종해 왔던 여인이다.

헌데 천무진은 그런 상대의 얼굴조차 알지 못했다. 한 번이라도 직접 마주하고 싶은 건 당연한 일이었다.

고개를 끄덕인 백아린이 당부하듯 말했다.

"좋아요. 대신 하나만 미리 약속해 줘요. 혹시라도 상태가 이상해진다면 곧바로 돌아오는 거로요."

"물론이지. 나도 그렇게까지 위험을 감수할 생각은 없어. 그저 얼굴 한 번 보는 정도면 충분해. 그리고…… 이 이상한 몸 상태의 정체를 다시 한번 확인하고 싶기도 하고."

당시 적련화와 마주했을 때 온몸이 굳어 버렸던 천무진이다. 어느 정도 자모충과 관련되었을 거라 의심하긴 했지만, 그래도 다시 한번 직접 마주해 보고 싶었다.

백아린이 말했다.

"가죠, 그럼."

천무진이 침상에서 곧장 몸을 일으켜 세웠다. 이틀을 혼절하고 하루를 더 푹 쉰 덕분에 몸 상태는 이전과 비교도 할 수 없을 정도로 좋아졌다.

직접 거동하는 데도 전혀 문제가 없었고, 내공도 자유자재로 사용할 수 있었다. 엄밀히 따지자면 거의 평상시의 몸 상태에 가까웠다.

백아린과 함께 걷기 시작한 적화신루의 비밀 거처.

거처는 그리 크지 않은 크기로, 천무진이 자리하고 있던 방과 창고는 가장 끝과 끝에 위치해 있었다. 혹시 모를 상황에 대비하여 백아린이 일부러 최대한 거리를 벌려 배치해 둔 탓이다.

허나 거처 자체가 그리 크진 않았기에 가장 멀리 떨어진 곳에 도착하는 데도 긴 시간이 걸리진 않았다.

창문 하나 없이 꽉 막혀 있는 창고의 입구에 이르자 그곳을 지키고 있던 무인들이 다가오는 두 사람에게 예를 갖췄다.

백아린은 그런 그들의 인사를 받아 주고는 곧바로 말했다.

"잠시만 자리들 비켜 줄래요?"

"예, 총관님."

그들은 백아린의 명령대로 급히 창고에서 거리를 벌렸다. 그사이 두 사람은 입구 앞에 선 채로 잠시 침묵했다.

백아린이 슬쩍 옆으로 시선을 돌렸다.

그곳에서는 가만히 선 채로 굳게 닫힌 창고의 문을 응시하는 천무진이 있었다.

백아린이 그를 향해 입을 열었다.

"무섭지 않아요?"

"……무서워. 무섭지 않다면 거짓말이겠지. 내 인생을 그렇게 만들었던 장본인인데. 그리고 난 그 여자에게 아무런 것도 할 수 없고 말이야."

전생과는 다를 거라 생각했지만 이번에도 천무진은 꼼짝없이 당할 수밖에 없었다. 백아린이 없었다면 지금 자신이 이렇게 멀쩡히 돌아다니는 일 또한 없었을 게다.

허나 알면서도 이곳에 왔다.

문을 바라보던 천무진이 천천히 고개를 돌렸다.

그리고 그곳에서 자신을 올려다보고 있는 백아린의 시선을 마주했다.

하얀 백의에 너무도 아름다운 외모의 여인.

그런 그녀를 바라보며 천무진이 천천히 말을 이었다.

"하지만 괜찮아."

사실 이곳까지 오겠다고 결정을 내린 건 천무진 본인이었지만, 만약 혼자였다면 절대 그 같은 선택은 하지 않았을 게다.

지금 이 같은 선택을 할 수 있는 이유.

그건…….

"당신이 있으니까."

"……저요?"

생각지도 못한 말에 백아린이 놀란 듯 눈을 크게 떴을 때였다. 천무진이 커진 그녀의 눈동자를 마주한 채로 미소를 머금으며 말했다.

"내가 또 위험해지면 당신이 구해 낼 거 아니야. 아닌가?"

자신을 향해 미소를 보이며 물어 오는 천무진의 질문에 백아린은 잠시 멈칫할 수밖에 없었다.

여태까지 보아 왔던 미소와는 뭔가 다른 느낌.

그리고 그 안에는 자신을 향한 믿음이 느껴졌다.

그래서일까?

이런 상황에서도 저 눈빛에 이상할 정도로 설렘이 느껴지는 것은.

그런 그의 믿음에 화답하고자 백아린은 소매를 걷어붙이며 씩씩하게 답했다.

"당연하죠. 그게 언제든, 어디든 제가 반드시 구해 줄게요."

커다란 눈으로 자신을 올려다보며 말하는 백아린의 모습에 천무진의 입가에 맺혀 있던 미소는 더욱 짙어질 수밖에 없었다.

똘망똘망한 눈빛으로 자신과 마주하고 있는 그녀가 귀엽다 느껴졌으니까.

천무진이 웃으며 말했다.

"천군만마를 얻은 것보다 믿음직스럽군. 장군감인데."

"그거 여자한테 실례 아니에요?"

"칭찬이야."

"……흐음, 아무리 생각해도 칭찬은 아닌 거 같은데."

수상쩍다는 듯 중얼거리는 백아린의 모습에 천무진은 모르겠다는 듯 시치미를 뚝 뗀 채로 한 손을 창고의 문에 가져다 댔다.

그렇게 손을 가져다 댄 천무진이 깊게 숨을 들이쉬었다가 내뱉었다.

옆에 자리한 백아린은 그런 그의 긴장을 풀어 주려는 듯 장난스럽게 말했다.

"왜요? 손이라도 잡아 줘요?"

"내가 놀렸다고 당신까지 이러기야?"

"뭐야, 역시 놀린 게 맞았네요."

투덜거리던 백아린이 천천히 손을 뻗었다. 그리고 그 손은 문에 가져다 댄 천무진의 손등 위를 부드럽게 감쌌다.

놀란 듯 움찔한 천무진의 시선이 그녀에게 향했을 때였다.

백아린이 말했다.

"가요. 내가 옆에 있을 테니까."

그녀의 그 말에 천무진은 고개를 끄덕였다.

손등을 통해 전해져 오는 백아린의 따뜻한 체온. 그 체온이 머뭇거리던 천무진의 손을 움직이게 만들었다.

그리고…….

끼익.

창고의 문이 밀려 나가며 이내 새카만 내부의 모습이 조금씩 모습을 드러내기 시작했다. 그리고 가장 깊숙한 곳에 자리한 하나의 의자.

그 의자 위에는 혼절한 것처럼 널브러져 있는 적련화가 있었다.

미동도 하지 않는 모습.

하지만 그 눈동자는 부릅떠져 있었다.

유일하게 적련화가 자신의 의지대로 움직일 수 있는 건 눈동자뿐이었다. 백아린에 의해 완전히 혈도를 점혈당해 있었기에 움직이지도, 입을 열 수도 없었다.

적련화와 마주하는 순간 천무진은 절로 움찔했다.

드러나 있는 그녀의 외모가 자신의 예상과 너무도 달랐기 때문이다.

예쁘고 아니고의 문제가 아니다.

그녀의 얼굴은 멀쩡한 부분의 피부와는 대조적으로 주름이 가득했고, 끔찍할 정도로 망가져 있었다.

놀란 듯 눈을 크게 뜬 천무진이 창고 안으로 걸어 들어가며 입을 열었다.

"너는……."

하지만 얼마 안 가 천무진은 걸음을 멈출 수밖에 없었다. 갑자기 가슴 부분을 시작으로 통증이 조금씩 밀려왔고, 머리가 어지러웠다.

옆에서 대기하고 있던 백아린이 비틀거리는 천무진을 빠르게 부축했다.

그녀가 걱정스레 물었다.

"괜찮아요?"

"……다행히."

말을 끝낸 천무진은 뒤로 한 걸음 정도 거리를 벌렸다. 그렇게 거리를 벌리자 그제야 밀려들었던 고통이 조금이나마 잦아들기 시작했다.

천무진이 호흡을 다잡았다.

'예상대로네.'

적련화와 거리가 가까워지자 몸이 먼저 반응했다.

아마도 자신과 저 여인 사이에 연결된 무언가가 있는 것이 분명했다.

그리고 굳이 말하지 않았지만, 백아린 또한 그런 상황을 눈치채고 있었다.

그녀가 입을 열었다.

"이 정도 거리는 괜찮아요?"

"응, 이 정도는 그래도 버틸 만한 것 같아."

대답을 들은 백아린은 얼추 두 사람 간의 거리를 계산했다. 대략 크게 여섯 걸음 반 정도의 거리.

안전한 위치에 선 채로 혈도를 점혈당하고, 묶여 있기까지 한 적련화를 바라보는 천무진을 향해 백아린이 질문을 던졌다.

"혹시 아는 사람이에요?"

"……전혀. 처음 보는 자야."

생면부지의 얼굴에 천무진이 고개를 저으며 답할 때였다. 두 사람의 대화를 듣고만 있을 수밖에 없는 적련화의 눈동자가 매섭게 번뜩였다.

당장이라도 천무진에게 달려들 것처럼 말이다.

허나 그건 그저 마음에 불과할 뿐, 적련화는 손가락 하나

꼼짝할 수 없었다.

분한 눈빛을 하고 있는 그녀를 바라보던 천무진이 천천히 입을 열었다.

"날 조종했던 그 여자가…… 저런 자였군."

목소리만 기억났던 여인, 그 여인의 얼굴을 이제 확실하게 눈에 담았다.

그리고 이제 다시는 저 얼굴을 잊지 않으리라.

가만히 적련화와 마주하고 있던 도중, 옆에 있던 백아린이 조심스레 물었다.

"더 확인하고 싶은 게 남았어요?"

애초의 목적이었던 얼굴을 한 번 보는 것과 자신의 몸이 반응하는 이상한 상황까지 확인했으니 이곳에서 할 일은 더는 남아 있지 않았다.

가볍게 고개를 저은 천무진이 답했다.

"……아니, 이제 가지."

말을 마치고 몸을 돌리는 두 사람, 그리고 뒤이어 닫히는 문과 함께 창고 안에는 다시금 짙은 어둠이 찾아왔다.

그렇게 혼자 남게 된 적련화.

부릅떠진 눈동자의 핏줄이 터져 나가며 그녀의 눈이 조금씩 붉게 변해 가고 있었다.

백아린과 적화신루 일총관 진자양에게 연락을 남긴 한천은 곧바로 단엽과 함께 먼저 움직였다.

백아린과 한천을 죽이려고 했던 귀문곡의 함정이 실패로 돌아갔다는 사실은 얼마 안 가 이 모든 일을 꾸민 배후의 귀에 들어갈 터.

그렇다면 그들이 준비해 둔 비책을 사용하기 전에 목덜미를 잡아야 했다. 그러기 위해서 백아린의 명령을 듣고 움직이기보다는 먼저 행동 하는 걸 선택한 것이다.

위계질서가 뚜렷한 적화신루고, 특히나 나이는 비록 자신보다 훨씬 어리지만 백아린의 명령이라면 목숨을 걸고서라도 완수해 내는 한천이다.

평소였다면 이처럼 자신이 결정하고 움직이는 경우는 거의 없었지만 지금은 시간과의 싸움이었다.

더군다나 갑작스럽게 무슨 일이 일어나고, 그 때문에 자신에게 보고하고 움직이기에 시간이 모자란 경우가 생긴다면, 스스로의 판단에 따라 움직이라는 백아린의 지시도 있었다.

그 일로 인한 모든 책임은 자기가 지겠다며.

그만큼 백아린이 한천을 믿고 있기에 가능한 명령이었다.

그리고 그런 믿음에 보답하기 위해 한천은 이번 일에 대한 확실한 증거를 얻어 내려 하고 있었다.

이총관과 육총관이 빠져나갈 구멍을 완전히 막아 버리기 위해서 한천이 향한 곳은 그들의 거점인 적화신루 화도 지부 인근에 자리한 기루였다.

그리고 그 기루에서 한 명의 사내가 빠져나오고 있었다.

제법 취한 기색이 역력한 사내.

덩치는 곰처럼 컸고, 덥수룩한 수염 때문에 거친 느낌이 풀풀 풍기는 인물이었다.

그는 비틀거리면서 뒷간을 향해 움직이고 있었다.

그 사내의 정체는 바로 육총관 어교연의 부총관인 경패였다. 경패는 술을 제법 많이 마셨는지 제대로 몸을 가누지도 못했다.

바닥을 바라본 채로 비틀거리며 뒷간으로 향하던 그는 술에 취해서인지 실실 웃고 있었다.

그렇게 좁은 길목에 들어섰던 경패는 마주 오던 누군가와 가볍게 몸을 부닥쳤다.

술기운에 휘청하며 쓰러질 뻔한 그가 고개를 치켜들며 버럭 소리쳤다.

"어이! 눈깔을 어디다가 두고 다니는……!"

허나 입을 열던 경패는 상대의 얼굴을 보는 순간 자신도 모르게 입을 닫아 버리고야 말았다.

그곳에서 마주한 상대가 너무도 익숙한 얼굴을 하고 있었으니까.

놀란 경패는 순식간에 술이 깨는 걸 느낄 수 있었다. 당황한 그가 곰처럼 커다란 덩치와는 전혀 어울리지 않는 소리를 토해 냈다.

"히끅!"

"어이고, 경패 이 친구. 술이 과했구먼."

어깨에 손을 두르며 친근하게 말을 걸어오는 사내.

험상궂은 경패와는 반대로 웃는 눈매가 인상적인 인물, 한천이었다.

겉모습만 본다면 상황이 반대로 되어도 이상할 것 없는 광경에서……

어깨에 손을 두른 한천이 경패를 향해 웃는 얼굴로 말했다.

"우리…… 이야기 좀 할까?"

3장. 처벌
— 대가를 치러야지

촤악!

얼굴을 덮는 강렬한 물줄기에 부총관 경패는 다급히 손으로 얼굴을 쓸어내렸다. 벌써 몇 바가지는 족히 될 법한 물을 얼굴에 부어 댄 한천이 앞에서 싱글벙글 웃고 있었다.

경패는 그런 그를 바라보며 속으로 이를 갈았다.

'이 잔인한 새끼.'

화가 치밀어 올랐지만 그런 속마음과는 달리 경패는 애써 웃음을 흘리고 있었다.

몇 번이나 물을 얼굴에 뿌리고서야 한천이 웃는 얼굴로 물었다.

"이보게 경패. 이제 술이 좀 깨지?"

"깨, 깼소."

사실 한천의 얼굴을 보는 순간 놀란 경패는 이미 술기운이 모두 날아간 상태였다. 그리고 그걸 한천이 몰랐을 리없다. 그저 이런 식으로 경패를 괴롭히고 있는 것일 뿐.

과거 한천에게 신나게 두들겨 맞은 이후 언제나 그의 앞에서는 주눅 들어 있는 경패다.

온몸이 물에 흠뻑 젖어 있는 경패와 마주한 한천이 입을 열었다.

"잘 지냈어? 신수가 훤한데?"

"나, 나야 뭐 별일 없이 지냈소."

"말 놓으라니까 그러네."

친근하게 말을 걸어오는 한천이었지만 경패는 움찔하며 황급히 손사래 쳤다.

"나, 나는 이것이 편하오."

"그래? 뭐 그게 편하다면야 억지로 시킬 순 없는 노릇이고. 난 그래도 이게 편하니까 계속 반말한다?"

한천의 말에 경패는 고개를 마구 끄덕였다.

바로 그때 한천이 말했다.

"어쨌든 별일 없이 지냈다니 다행이네. 난…… 별일이 좀 있었거든."

의미심장한 말과 함께 한천이 경패의 눈동자를 마주했다. 그런 그의 모습에 경패는 움찔할 수밖에 없었다. 이번에 자신의 상관이 무슨 일을 벌였는지 알고 있었기 때문이다.

사실 경패 입장에서도 그건 그리 내키지 않는 일이었다. 아무리 마음에 안 든다고 해도 같은 적화신루의 인물을 귀문곡에 팔아넘기는 것 같아 찜찜할 수밖에 없었다.

거기다가 어교연이 보다 높은 자리에 오른다 한들 부총관인 경패에게는 크게 달라지는 것이 없었다. 어차피 담당하는 구역만 달라질 뿐, 그 외 별다른 혜택이 있는 건 아니었으니까.

허나 그렇다고 해도 부총관인 경패로서는 직속상관인 어교연의 명령을 따라야만 했다.

그렇게 벌인 일.

분명 한천은 죽었어야 했는데…….

'대체 어떻게 살아서 이곳에 있는 거지?'

의아함이 밀려드는 그 순간 한천의 입이 열렸다.

"내가 여기 있어서 좀 놀란 모양이던데. 왜? 뭔가 좀 켕기는 일이라도 있는 건 아니지?"

"가, 갑자기 찾아와서 좀 놀란 것뿐이오."

"정말 그거뿐인가?"

말을 하며 히죽 웃어 보이는 한천의 모습에 자연스레 오금이 저려 왔지만……

"그럼 다른 게 뭐가 있겠소."

최대한 침착하게 마음을 다잡은 경패가 모르는 척 시치미를 뗐다. 이유야 어찌 됐든 그 일에 자신 또한 개입된 건 사실이고, 그것이 들통난다면 결코 징계 정도로 끝날 문제가 아니었다.

설령 예전 그날보다 훨씬 더 두들겨 맞는다고 해도 결코 발설할 생각이 없었다.

딱 잡아떼는 경패를 바라보며 한천의 입꼬리가 꿈틀거렸다.

'모르쇠로 일관하겠다?'

상대가 이렇게 나온다면 진실을 캐는 게 쉽지 않은 건 사실. 하지만 애초에 한천은 이 같은 반응을 예상하고 있었다.

그렇게 쉬사리 사실을 실토할 문제는 아니었으니까.

한천이 움직이는 걸 보며 곧 두들겨 맞겠다는 생각에 경패가 질끈 눈을 감았을 때였다.

"너 바보냐?"

들려오는 한천의 목소리.

생각지도 못한 말에 눈을 감았던 경패가 조심스레 눈을 뜨고는 이내 자신의 앞에 자리한 한천을 향해 물었다.

"무, 무슨 소리요?"

"모르는 척하려는 모양인데, 좋아. 계속 모르는 척하면서 내 이야기 들어."

한천은 미리 준비해 온 말로 이야기를 이어 나갔다.

"어차피 적화신루를 통해 흘러들어 온 정보야. 계속해서 캐내면 결국 그게 어디서 나온 건지 밝혀질 거라는 소리지. 그게 무슨 뜻인지 알아?"

"무슨 소리신지 나는……."

여전히 모르는 척하는 경패의 말을 자르며 한천이 다시금 말했다.

"결국 누군가는 잡히게 된다는 소리야. 그렇다면 과연 그게 누굴까?"

"……."

"정말 그 일을 주도한 주모자? 아니, 그럴 리는 없겠지. 그들은 이미 자신들이 빠져나갈 방도를 미리 마련해 두고 일을 벌였을 테니까."

잠시 이야기를 멈추고 생각할 시간을 준 한천이 경패의 표정을 살피다 말을 이었다.

"그렇지만 그 일의 범인이 나오지 않는다면 주모자들 입장에서 어떻겠어? 당연히 곤란하겠지? 하지만 되지도 않는 자를 범인으로 만든다면 그게 통할까? 바보가 아니고서야 그런 얄팍한 수가 통할 거라 생각하진 않을 거야."

아무런 말도 하지 않고 있는 경패의 어깨에 손을 올린 한천이 말했다.

"그런 상황에서 가장 사용하기 좋은 패가 누굴지는 생각해 봤어?"

말을 끝낸 한천이 어깨에 올렸던 손을 떼어 천천히 경패를 가리키며 다시 입을 열었다.

"바로 너야."

움찔.

경패는 눈을 동그랗게 뜨며 한천을 바라봤다. 속으로는 크게 놀랐지만, 눈을 크게 뜨는 것 외에는 그걸 겉으로 표현하지 않았다.

그 순간 한천이 마치 쐐기를 박듯 자신의 생각을 정확하게 밝혔다.

"아마도 그들은 그 모든 죄를 너에게 뒤집어씌우겠지."

한천의 모든 이야기가 끝이 났다.

그리고 잠시 경패는 침묵했다.

그렇게 침묵 끝에 꺼낸 그의 대답은…….

"……무슨 소린지 하나도 못 알아듣겠소."

경패의 대답은 아까와 같았다.

경패 또한 적화신루에 몸담고 여러 가지 경험을 겪어 온 인물이다. 의심스러운 정황만으로 그리 쉽게 속내를 드러낼 리 없었다.

"하, 이 친구 생긴 것처럼 이리 우직하기만 해서야 원."

말을 내뱉던 한천이 갑자기 옆으로 고개를 돌렸다. 그리고 그곳에서는 전서구 한 마리가 날아들고 있었다.

푸드드득.

날갯짓을 하던 전서구는 이내 한천의 팔에 내려앉았고, 그는 곧바로 발목에 묶여 있는 자그마한 종이를 펼쳤다.

종이 안의 내용을 확인한 한천의 눈동자가 꿈틀거렸다. 그의 일거수일투족을 조심스럽게 살피고 있던 경패는 뭔가 일이 생겼다는 걸 알 수 있었다.

그 순간 종이에서 눈을 뗀 한천이 말했다.

"마침 잘됐네. 따라오라고. 못 믿겠다면…… 직접 눈으로 보여 줄 테니까."

*　　　*　　　*

한천은 경패를 끌고 어딘가를 향해 빠르게 움직였다. 뒤를 쫓으면서도 경패는 마음이 계속해서 불편했다. 방금 전 들었던 한천의 이야기가 마음에 남아서였다.

'……진짜일까?'

아닐 거라 고개를 저으면서도 불안감이 사라지지 않는 건 역시나 자신의 상관인 어교연이 어떤 사람인지 알기 때문이다.

그녀는 욕심이 많았다.

그랬기에 백아린과 한천을 귀문곡의 손에 넘겨 죽일 계획까지 짜지 않았던가.

그런 어교연이 자신의 모든 걸 잃을지도 모르는 상황이 온다면 과연 무슨 일을 벌일지는 쉽게 예상할 수 없었다. 가장 측근인 자신조차도 필요하면 버릴 수 있는 인물이라는 걸 알고 있다.

대체 이 상황을 어떻게 타개해야 할지 고민이 깊어지던 그때 마침내 목적지에 도착한 한천이 걸음을 멈췄다.

정신없이 뒤만 쫓던 경패가 걸음을 멈추고는 이내 놀란 듯 중얼거렸다.

"여긴……."

그가 당황한 이유는 이 장소가 익숙했기 때문이다. 지금 눈앞에 있는 건 다름 아닌 이곳 화도에서 자신이 머무는 거처였다.

이해가 안 간다는 듯 한천을 바라보는 그때.

한천이 물었다.

"네 방이 어디야?"

"저기요."

경패가 가리킨 쪽을 확인한 한천이 주변을 둘러보다 이내 가볍게 손짓했다.

"따라오라고."

말을 마친 그는 가장 가까운 높은 건물 위로 껑충 뛰어올랐다. 그러고는 그곳에서 넙죽 엎드린 채로 몸을 감췄다.

얼결에 그런 한천을 따라 지붕 위에 자리한 경패 또한 마찬가지로 커다란 몸을 힘겹게 감췄다.

그가 옆에 엎드려 있는 한천을 향해 입을 열었다.

"대체 여기서 뭘 하려고……."

"쉿!"

한천이 검지를 입에 가져다 대며 조용히 하라는 시늉을 해 보였다. 그의 반응에 꿀 먹은 벙어리처럼 입을 닫은 경패를 향해 한천이 자그마한 목소리로 말했다.

"보고만 있으라고. 방금 심어 놓은 정보원으로부터 중요한 정보가 들어왔거든."

뜻 모를 말이었지만 경패는 한천이 시키는 대로 입을 닫고 가만히 그곳에 자리했다.

그렇게 두 사람이 숨을 죽인 채 몸을 감추고 약 일 각가량이 흐른 그때였다.

너무 움츠리고 있었던 탓에 찌뿌둥하다는 생각이 들 무렵, 어둠을 틈타 그림자 하나가 모습을 드러냈다.

갑자기 드러난 그림자의 존재를 확인한 경패는 움찔할 수밖에 없었다.

새카만 흑의에 복면을 써서, 상대는 얼굴을 알아보기 어려웠다. 정체불명의 인물은 경패가 머무는 건물의 위쪽에 모습을 드러내더니 곧바로 주변을 확인하기 시작했다.

그러고는 이내 빠르게 바닥에 착지하고는 창문을 통해 방 안으로 들어섰다.

'저, 저놈이!'

막 몸을 일으켜 세우려는 경패를 한천이 빠르게 내리눌렀다. 그러고는 자신을 바라보는 그를 향해 가볍게 고개를 저어 보였다.

그건 가만히 있으라는 신호였고, 경패는 이를 갈면서도 결국 한천의 명령대로 그곳에 가만히 있어야만 했다.

열린 창문을 통해 내부에서 움직이는 정체불명 괴한의 모습이 눈에 들어왔다. 그는 벽에 붙어 있는 족자의 앞에 선 채로 자신의 품을 뒤적이기 시작했다.

그러고는 이내 뭔가를 꺼내어 들더니 그걸 그 뒤편에 숨기고는 바람처럼 바깥으로 빠져나왔다.

휘익!

상대의 모습이 완전히 사라질 때까지 숨을 죽이고 있던 한천이 이내 경패의 어깨를 툭툭 치며 작게 속삭였다.

"가 보자고."

말을 끝낸 한천은 경패와 함께 조용히 바닥으로 내려선 후, 빠르게 방 안으로 들어섰다.

내부로 들어서기 무섭게 경패는 방금 전 정체불명 괴한이 뭔가를 넣은 족자를 향해 움직였다. 곧바로 족자를 옆으로 밀자, 이내 뒤편에 감춰 뒀던 종이 한 장이 툭 하고 떨어져 내렸다.

바닥에 떨어진 종이를 서둘러 주워 들은 그가 안의 내용을 확인하는 그때였다.

"이건……."

새카맣게 변한 낯빛으로 내용을 확인하는 그때.

옆으로 다가온 한천이 슬그머니 종이 안에 담긴 내용을 보며 혀를 찼다.

"역시 내 예상이 맞았나?"

그 종이의 정체는 전표였다.

그리고 그 전표의 발행인은…… 귀문곡과 관련된 인물이었다.

전표를 와락 구긴 경패는 반대편 손으로 얼굴을 감싸 안았다. 지금 이 방 안에 몰래 들어와 넣은 전표가 가지는 의미를 모르지 않아서다.

귀문곡에게 비밀리에 돈을 받고 거짓 정보를 흘렸다는

식으로 자신에게 모든 죄를 뒤집어씌우려고 했던 것이 분명했다.

물론 모든 비밀을 알고 있는 자신이니 당사자인 백아린이나, 적화신루의 루주를 만나게 하지도 않을 것이다.

아마도…… 그 전에 죽여 입을 막으려 할 것이라는 확신이 들었다.

새하얗게 질린 경패를 바라보던 한천이 입을 열었다.

"당장에 결정하라고 하지는 않겠어. 지금 뭘 이야기할 필요도 없어. 하지만 적어도 이곳에 있다가는…… 네 목숨이 위험할지도 모르겠군."

"……동감하오."

고개를 끄덕이는 경패를 향해 한천이 다독이듯 말했다.

"이야기는 네 마음이 바뀌는 그때 듣는 걸로 하지. 시간은 많지 않겠지만. 우선은 목숨부터 챙기자고. 그게 우선이니까."

말과 함께 다가온 한천이 손가락으로 방향을 가리키며 말을 이었다.

"밖으로 나가서 쭉 가다가 두 번째 갈림길에서 왼쪽 모퉁이로 들어가면 자그마한 과일 가게가 하나 나올 거야. 거기 가서 내가 보냈다고 하면 거처를 마련해 줄 테니 우선 그곳에서 몸을 숨기도록 해."

몸을 감출 거처까지 준비해 주는 한천의 모습에 경패가 감동한 듯 속내를 감추지 못한 채 감사의 뜻을 내비쳤다.

"고맙소. 이 은혜를 어찌 갚아야 할지……."

"은혜는 무슨. 당연히 돕고 살아야지. 우리는 같은 적화신루의 동료 아닌가."

한천이 씩 웃으며 말했다.

한천은 지붕 위에 올라선 채로 이제는 사라져 버린 경패가 향했던 방향을 응시하고 있었다.

바로 그때였다.

스윽.

누군가가 한천의 뒤편에서 모습을 드러냈다.

그런데 그 대상은 놀랍게도 방금 전 경패의 거처에 비밀스럽게 잠입했던 그 정체불명의 괴한이었다. 뒤편에 나타난 괴한의 존재를 슬쩍 곁눈질로 확인했음에도 불구하고 한천은 놀라거나 하는 일말의 반응조차 보이지 않았다.

그 순간 뒤편에 나타난 괴한이 한천에게 다가오며 천천히 얼굴을 가리고 있던 복면을 풀어 젖혔다.

그리고 그 복면 뒤편에서 드러난 얼굴은…… 단엽이었다.

성큼 다가선 그가 한천의 옆에 선 채로 입을 열었다.

"네 거짓말에 완전히 속아 넘어간 거 같은데?"

단엽의 말에 한천이 어깨를 으쓱하며 말을 받았다.

"뭐, 아예 거짓말은 아니지."

사실 이 모든 건 한천과 단엽이 준비한 함정이었다. 물론 지금 말한 대로 모든 것이 거짓은 아니었다.

황균이나 어교연은 최악의 경우 부총관들을 희생시킬 계획을 준비해 둔 것 같았으니까.

다만 상대방이 그렇게 믿게 만드는 것은 정황 증거만으론 모자랐다.

의심이 확신으로 바뀔 수 있을 만큼 눈에 보이는 한 방이 필요했고, 그걸 위해 굳이 단엽이 이처럼 괴한 흉내를 내며 전표를 숨겨 놓는 일을 벌인 것이다.

의심할 수 있는 정황과 그걸 뒷받침할 증거까지.

두 가지가 하나가 되니 결국 경패는 스스로가 위험하다 여기게 되고 말았다.

거기다가 한천이 당장에 말하지 않아도 된다며 다독인 탓에 우선은 시간을 벌며 고민을 해 보자는 생각도 있겠지만…….

이미 손안에 들어온 경패를 구슬리는 건 그리 어렵지 않은 일이었다.

지붕 위에 선 채로 멀리 아래를 내다보던 한천이 기지개를 켜며 중얼거렸다.

"그럼 한 놈은 우선 끌어들였으니 이제는 다음 녀석한테로 가 볼까?"

애초에 목표는 경패 하나가 아니었다.

다음 표적, 그건 바로 이총관 황균의 부총관인 종치수(宗馳穗)라는 자였다.

＊　　　＊　　　＊

백아린과 한천을 제거하기 위해 준비되었던 계획.

그것이 실패로 돌아갔다는 사실이 전해지자 그 일을 꾸민 당사자인 이총관 황균과, 육총관 어교연은 당황할 수밖에 없었다.

애초에 실패할 가능성은 염두에 두지 않을 정도로 성공을 확신하고 있었던 계획이기 때문이다.

그 일이 수포로 돌아갔다는 사실을 알기 무섭게 황균은 어교연에게 이 같은 일을 알렸고, 곧바로 두 사람은 약속을 잡았다.

원래였다면 아무렇지 않게 광동성 화도 지부에서 만났겠지만, 상황이 이렇다 보니 두 사람은 비밀리에 외부에서 만나기로 약속을 잡을 수밖에 없었다.

가능하면 두 사람 간의 연결 고리가 드러나지 않게 하기 위함이었다.

그렇게 두 사람의 약속 장소로 정해진 곳은 화도 마을 외곽에 위치한 자그마한 장원이었다. 그 장원은 황균이 비밀리에 소유한 거점으로, 개인적인 용무로 사용하는 거처인지라 적화신루 쪽에도 보고되지 않은 곳이었다.

비밀 거처에 도착한 황균은 안에 있는 집무실로 향했다.

그렇게 집무실에 들어선 그는 곧바로 자리에 앉은 채로 상념에 잠겼다.

생각지도 못한 계획의 실패, 거기다 문제는 그것뿐만이 아니었다.

'대체 이런 시기에 어디로 사라진 게야!'

황균의 부총관인 종치수가 어제저녁부터 연락이 닿지 않았다. 총관인 그가 시킨 일을 급히 처리하느라 종종 연락이 되지 않는 일도 있다 보니 이런 경우가 그리 특별한 건 아니었지만…….

상황이 상황이니만큼 짜증이 치솟았다.

다른 여타의 업무야 그 외의 수하들에게 맡길 수 있었지만 지금 문제가 되는 이 일만큼은 부총관인 그를 제외하고는 누구의 도움도 받기 어려웠다.

가뜩이나 일이 실패한 지금 이 일에 대해 아는 자가 단 한 명이라도 더 는다는 건 그만큼 부담이었으니까.

자신이 직접 모든 일을 해결해야 하는 지금, 더더욱 심기가 불편할 수밖에 없었다.

자리에 앉은 채 이곳에서 만나기로 한 어교연을 기다리던 황균의 귓가로 이곳으로 다가오는 인기척이 느껴졌다.

자연스레 시선이 문 쪽으로 향했고, 이내 건너편에서 기다려 온 목소리가 들려왔다.

"이총관님 들어가도 될까요?"

"물론입니다. 어서 들어오시죠."

황균의 목소리는 다급했다. 곧장 문을 열며 어교연이 모습을 드러냈다. 급히 이곳으로 달려온 그녀의 표정 또한 좋을 리 만무했다.

자리에 앉기 무섭게 어교연이 물었다.

"계획이 실패했다는 게 사실인가요?"

질문을 던지는 그녀의 표정은 창백했다.

그만큼 지금 상황이 좋지 않다는 의미였다.

어교연의 질문에 고개를 끄덕이며 황균이 답했다.

"두 사람이 모두 살아 있는지는 모르겠지만…… 적어도 그곳에서 시신으로 발견된 이들은 모두 귀문곡의 사람들이라더군요."

"이번 일에 많은 이들이 투입되지 않았어요? 대체 어떻게 이 계획이 어긋날 수 있죠?"

따지듯 물어 오는 어교연을 향해 황균이 짜증스러운 목소리로 답했다.

"나인들 그걸 어찌 알겠습니까? 나도 죽은 그놈들을 깨워 묻고 싶은 심정입니다. 백 명 이상의 무인들이 투입됐고, 개중에는 귀살의 일급 살수들도 즐비했다던데 살아서 돌아간다는 게 말이나 됩니까?"

"대체 누가 도왔기에 귀문곡의 그 많은 자들을……."

"백방으로 알아보고 있지만 두 사람을 도울 만한 세력이 움직인 정황은 아직 찾지 못했습니다."

애초에 대화를 나누는 황균과 어교연의 머리에는 그 함정을 빠져나온 것이 백아린과 한천 두 사람만의 힘 때문이라는 가정은 들어 있지 않았다.

두 사람이 지닌 진짜 능력을 알지 못했으니까.

어교연이 초조한 듯 손가락을 어루만지며 중얼거렸다.

"차라리 뭔가 일이 생겨서 양쪽이 다 죽은 거라면 좋겠는데……."

간절한 바람을 담아 말하고는 있었지만 사실 희박한 확률이라는 것 정도는 이미 너무도 잘 알고 있었다.

그때 양팔을 탁자 위에 올린 황균이 의미심장한 목소리

로 입을 열었다.

"지금은 최악의 경우까지 생각해야 할 상황입니다. 두 사람이 모두 살아 있다면…… 무슨 일이 벌어질지 잘 아시지 않습니까."

이 두 사람은 백아린에 대해 잘 알고 있었다.

그녀의 뛰어난 능력에 대해서는 애써 부정하고 있었지만, 그건 질투 때문에 하는 말에 불과했다. 두 사람 모두 적화신루 내에서 백아린이 어떤 활약을 펼쳤는지 모를 수가 없었다.

적어도 그녀라면…… 이번 일이 벌어진 것이 잘못된 정보 때문이고, 그렇게 흘러 들어간 정보가 어떤 경로로 자신들에게 들어왔는지 금방 알아차릴 것이다.

다른 이들을 속이기 위해 여러 가지 눈속임용 장치를 마련해 두긴 했지만…….

어교연은 입술을 잘근잘근 깨물었다.

'이런 속임수가 통할 상대가 아니지. 한천만 살았다면 모를까 백아린이라면 분명 금방 정보를 움직인 게 누군지 알아차릴 거야.'

어교연은 차라리 백아린이 죽고 한천만 살아남았다면 희망이 있을 거라 여겼다. 황균이나 어교연 두 사람 모두 한천이라는 사내를 무척이나 얕봤으니까.

초조한 표정을 짓고 있던 어교연은 이내 뭔가 이상하다는 듯 주변을 둘러보다 물었다.

"그런데 부총관은 어디에 있나요? 안 데리고 오신 건가요?"

"자리를 비웠더군요. 하필이면 이런 위급한 순간에 자리를 비우다니, 쓸모없는 자식 같으니라고."

다시금 불쾌한 감정을 드러내는 황균을 바라보던 어교연의 눈동자가 빛났다.

그때 황균 또한 생각난 듯 물었다.

"그런데 육총관님의 부총관도 안 보이는군요."

"이곳에 오고 나서 밤늦게까지 술을 퍼마시러 다니더니만 오늘은 코빼기도 안 비치더라고요."

"하여튼 부총관이라는 놈들이!"

황균이 짜증스레 탁자를 주먹으로 탁 치는 그때였다. 의미심장한 표정을 짓고 있던 어교연이 천천히 입을 열었다.

"……잘됐네요."

생각지도 못한 어교연의 말에 불쾌한 표정을 짓고 있던 황균이 의아한 눈빛으로 물었다.

"잘되다니 무슨 소립니까? 이런 상황에 자리를 비운 탓에 제가 얼마나 더 정신이 없는……."

"그 두 사람이 없으니 허심탄회하게 속내를 드러내고 이야기를 할 수 있잖아요?"

"두 사람이 없어야 할 수 있는 대화요?"

물어 오는 황균을 향해 어교연이 작은 목소리로 말했다.

"아시잖아요. 상황이 좋지 못하다는 거."

"……혹시 최후의 비책을 사용하실 생각입니까?"

이미 이전에 작전을 짜며 예상치 못한 상황을 위한 대비책을 몇 가지 준비해 뒀었다. 그리고 그중 최후의 수는 바로 이 모든 일의 죄를 부총관들에게 뒤집어씌우는 것이었다.

황균의 물음에 어교연이 고개를 끄덕였다.

"제 개인적인 생각으로 지금 이 상황을 빠져나갈 방법은 그것밖에 없다고 보여요. 백아린이 정말 살아 있다면 곧 모든 가짜 정보가 이곳 적화신루 화도 지부에서 나간 사실을 알아내겠죠. 당연히 그럼 의심의 화살은 이총관님께 향할 것이고, 그럼 저도 무사하긴 힘들 테고요."

"흐음……."

"망설이실 시간 없어요. 서둘러 결단을 내리셔야 해요."

어교연이 재촉하듯 말했지만 황균은 턱을 괸 채로 곰곰이 생각에 잠겨 있었다. 그런 그를 바라보는 어교연은 답답할 수밖에 없었다.

그녀가 짜증스레 속으로 욕설을 터트렸다.

'뭘 고민하고 그래, 머저리 같은 새끼야! 지금 부총관을 희생시키는 것만큼 좋은 게 어디 있다고. 하여튼 저 답답한 성격 같으니라고.'

이를 갈면서도 애써 표정을 유지하고 있는 어교연을 향해 황균의 눈동자가 슬며시 스치듯 지나가며 그녀의 얼굴을 확인했다.

턱을 괴고 있던 손이 천천히 입가에 닿는 순간.

놀랍게도 손바닥으로 가려진 황균의 입꼬리가 비틀렸다.

황균의 눈이 애써 초조함을 감추고 있는 어교연에게로 다시금 향했다.

'망할 계집, 여태까지 네년이 날 이용한다고 생각하고 있었겠지.'

어느 정도 장단에 맞춰 준 것은 사실이다.

처음 이와 관련된 대화를 나눌 때 어교연이 했던 말대로 백아린은 루주와 일총관만이 자리할 수 있는 비밀회의에 낄 수 있는 특별한 인물이었으니까.

그런 백아린에게 황균이 노리고 있는 일총관의 자리가 주어질 거라 의심했다.

그리고 상황상 그럴 확률이 높은 것도 사실이었다.

당연히 백아린은 눈엣가시였고, 어떻게든 제거하고 싶었다.

하지만 애초에 어교연과 손을 잡은 건 백아린을 제거하는 데 있어 혼자만의 힘으로 하는 건 부담이 있었기 때문이다.

어교연은 황균을 자신이 이용해 먹고 있다 여겼다.

허나…… 아니었다.

'내가 왜 네년과 손을 잡았는지 아느냐?'

황균이 맞은편에 자리한 어교연을 지그시 바라봤다. 분명 부총관을 이용해 이번 위기를 빠져나가는 것 또한 방법일 순 있었다.

하지만 그건 자신에게 향하는 의심을 완벽히 지워 낼 수 있는 방법은 아니었다. 그 정도로는 어찌 목숨을 부지하는 게 고작일 뿐, 모든 의심을 씻지 못할 것이고 결국 지금 이 자리에 만족해야만 했다.

그랬기에 황균은 처음부터 보다 확실한 방법 하나를 준비하고 있었다.

그건 바로…….

'멍청한 계집. 죽어야 할 건…… 너다.'

처음부터 황균은 만약의 상황이 닥쳤을 때, 자신의 모든 죄를 뒤집어쓰고 죽어 줄 인물로 어교연을 점찍어 뒀다.

그랬기에 그녀의 꾐에 넘어가 주는 척하며 그녀가 원하는 대로 함께 계획을 짰던 것이다.

황균에게는 이미 어교연이라는 안전장치가 준비되어져 있었으니까.

때가 왔음을 직감한 황균은 자리에서 일어났다.

갑자기 일어선 그를 어교연이 올려다볼 때였다. 황균이 옆에 있는 곳으로 다가가 준비해 두었던 찻잎을 잔에 담기 시작했다.

몸을 돌린 채로 차분히 움직이는 황균의 손에 들린 이 찻잎.

이건 그냥 보통의 찻잎이 아니었다.

실력으로만 겨뤄도 자신이 어교연보다 강했지만, 보다 소란 없이 일을 마무리하기 위해 독을 먹이려고 하는 것이었다.

독을 먹여 내상을 입힌 상태에서 무력으로 제압을 한다면 아주 조금의 실패할 확률조차 사라질 거라 생각했으니까.

차를 준비하는 황균의 행동에 어교연이 기가 막힌다는 듯 입을 열었다.

"지금 뭐 하시는 거죠? 어서 결정을 내리셔야……."

"아무래도 오래 함께한 수하이다 보니 결정을 내리는 게 쉽지 않군요. 차라도 한잔하면서 마음의 답을 정할까 싶습니다."

말을 끝낸 황균은 찻잔에 물을 내리고는 이내 둘 중 하나를 어교연에게 내밀었다.

황균이 입을 열었다.

"육총관님도 드시지요."

"……."

이런 상황에서 차나 건네는 황균의 태도가 답답했지만, 지금으로써는 생각할 시간을 줄 수밖에 없다 생각한 어교연이 내미는 찻잔을 받아 들었다.

탐탁지 않은 표정의 어교연이 찻잔에 슬며시 입을 가져다 댔다. 그리고 황균이 애써 감정을 감춘 채로 그 모습을 살펴보고 있는 바로 그때.

"자, 담소들은 즐거우셨습니까?"

창밖에서 들려오는 목소리에 두 사람이 동시에 움찔했다. 놀란 표정으로 황균과 어교연은 목소리가 들려온 쪽으로 고개를 돌렸다.

시선이 향한 창가 쪽.

그곳에는 놀랍게도 창문틀에 기대어 안을 바라보며 싱글벙글 웃고 있는 한천이 있었다.

놀란 황균이 중얼거렸다.

"너는……."

"한천?"

뒤이어 어교연이 한천의 이름을 언급할 때였다.

그가 여전히 웃는 얼굴로 방 안쪽에 자리한 두 사람을 바라보며 말했다.

"이야, 오랜만에 뵙는 분들이 여기들 계셨군요. 그런데 이 늦은 시간에 이런 곳에서 은밀한 만남이라…… 무슨 대화들을 하시고 있었는지 궁금하네요."

"네가 여길 어떻게 알고……."

이곳은 적화신루에도 알리지 않은 황균의 비밀 장소였다. 그런데 그곳에 다른 이도 아닌 자신들이 죽이려 했던 둘 중 한 명인 한천이 모습을 드러냈다.

당황하는 건 당연했다.

그런데 그 순간, 갑자기 옆을 바라보며 한천이 손을 흔들었다.

"앗, 대장! 여깁니다. 이쪽에 두 분이 계시네요. 이쪽으로 오시죠?"

대장이라는 말에 황균과 어교연이 동시에 자리를 박차고 일어났다.

둘의 표정이 새하얗게 질렸다.

백아린이 이곳에 나타났다는 건, 벌써 자신들의 비밀을 모두 알아차렸다는 뜻이었으니까. 당황한 기색을 내비치는 둘을 향해 한천이 픽 웃으며 말했다.

"어라? 놀라셨나 봅니다. 대장이 왔다는 말은 농담인데."

"……지금 뭐 하자는 게냐?"

살기 어린 표정으로 말을 내뱉는 황균을 향해 여유 가득한 표정의 한천이 답했다.

"뭐 하긴요. 그냥 구경 중이었습니다."

"구경?"

되묻는 황균을 바라보던 한천이 슬그머니 허리에 차고 있던 검을 검집째로 창틀에 턱 올려놨다.

한천이 웃으며 말했다.

"자기 주제도 모르고 까부는 짐승 두 마리가 여기 있다고 해서요."

4장. 잔혹
— 뵙게 해 드리죠

　거침없는 한천의 행동에 황균과 어교연 두 사람은 어떻게 행동해야 할지 일순 갈피를 잡기 어려웠다. 평상시라면 당연히 참지 않고 분노를 터트리기 충분한 상황이다.

　하지만…….

　'여기에 나타났다는 것은 뭔가를 의심하고 있다는 게 분명한데.'

　한천을 바라보는 황균의 머리가 재빨리 돌아갔다.

　백아린의 수하인 그가 나타난 건 분명 희소식이 아니었다.

　허나 그렇다고 해서 그것이 끝이라는 의미도 아니다. 최소한 지금 눈앞에 나타난 것이…… 한천 하나뿐이었으니까.

황균은 속으로 비웃음을 삼켰다.

속내가 뻔히 보였기 때문이다.

'사총관 생각보다 얕은수를 쓰는군그래. 이런 식으로 우리를 떠보려는 겐가?'

증거가 있었다면 이처럼 혼자서 나타나는 만행을 저지르지는 않았을 터.

만약 그랬다면 적화신루의 인원들을 대동한 채 자신들을 제압하러 왔을 게다. 그런데 굳이 혼자 나타났다는 것은 곧 의심만 있을 뿐 아직까지 명백한 증거가 없다는 걸 의미했다.

아마도 이 같은 수를 통해 자신들을 당황하게 하고 잘못된 판단을 내리게 만들려는 속셈이 분명하다는 확신이 들었다.

황균이 재빨리 어교연을 향해 전음을 날렸다.

『육총관, 동요하지 마시지요. 증거가 있었다면 이렇게 혼자 나타날 이유가 없으니.』

황균의 말에 잠시 당황했던 어교연이 빠르게 정신을 추슬렀다. 그러고는 한천에게는 보이지 않게 눈빛으로 알겠다는 신호를 보내고는 이내 평소처럼 자신만만한 표정을 지어 보였다.

다리를 꼬고 앉은 그녀가 불만스러운 어투로 입을 열었다.

"짐승? 미친 자식이 지금 건방지게 혀를 놀리는 그 상대가 누군지 모르는 거야? 네 주인을 믿고 까부는 것도 정도가 있어!"

말과 함께 어교연은 자신의 내공을 주변으로 쏟아 냈다. 동시에 방 내부에 휘몰아치는 가벼운 미풍, 그걸 보며 황균이 준비된 말을 내뱉었다.

"진정하시지요, 육총관."

"사총관은 아랫사람 관리를 어떻게 하는지 이해가 안 가는군요. 주제도 모르는 놈이 끼어드는 것도 어처구니가 없는데 하물며 저런 말투라니……."

다시 한번 불만을 터트리는 어교연을 향해 양손을 들어 진정하라는 시늉을 해 보이던 황균이 천천히 고개를 돌렸다.

그러고는 여전히 창문에 기댄 채로 안쪽을 바라보고 있는 한천을 향해 입을 열었다.

"네가 비록 사총관의 부총관이라 해도 상관인 우리에게 함부로 지껄인 점에 대해서는 대가를 치러야 할 게다. 같은 신루의 사람에게 직접 손을 대는 건 이치에 맞지 않으니 네 처분은 상부에 보고하여……."

"하하하! 이치라."

한천이 배를 쥔 채로 웃어 댔다.

황균이 자신의 말을 웃음으로 끊어 버린 한천을 노한 눈으로 노려보는 그때였다.

어찌나 크게 웃었는지 눈에 맺힌 눈물을 닦아 내며 한천이 천천히 말을 이었다.

"이치를 아시는 분이 같은 신루의 사람들을 죽이려고 한답니까? 참 재미있는 분이시네."

죽이려 했다는 말을 대놓고 입에서 꺼내자 황균의 표정은 싸늘함을 넘어서 분노로 가득 찼다.

그가 말했다.

"지금 내가 신루의 사람들을 죽이려 했다 이 말이냐?"

"그것에 대해서는 저보다 여기 계신 두 분이 더 잘 아시는 걸로 아는데요."

"……도를 넘어서는군."

말과 함께 황균이 성큼 한천이 자리하고 있는 창문 쪽으로 몸을 돌렸다.

당장이라도 한천에게 달려들어 건방지게 입을 놀린 대가를 치르게 만들려는 듯한 모양새였다.

바로 그때 한천이 여유 가득한 얼굴로 말했다.

"계속 모르는 척 시치미를 떼시는군요. 제가 왜 두 사람

앞에 있을 거라 생각하십니까? 어라? 설마…… 증거가 없어 이러고 있을 거라고들 생각하시는 건 아니지요? 아, 그렇다면 이거 죄송한데."

머리를 긁적이며 내뱉은 한천의 말.

그 말에 두 사람은 동시에 움찔할 수밖에 없었다. 말한 대로 증거가 없으니 이렇게 나타나서 자신들을 떠보는 거라 생각했기 때문이다.

그런데 지금 한천의 말은 뭔가 묘했다.

알 수 없는 불안감이 치솟는 그 순간 여유 가득한 얼굴로 한천이 말을 이었다.

"전 이미 획득했거든요. 증거, 그리고 증인들까지도."

"……무슨 소리인지 하나도 이해가 가지 않는군."

한천의 말에 놀라긴 했지만 황균은 동요하지 않았다. 아직까지는 그저 허울뿐인 말일 가능성을 배제할 수 없었으니까.

그런 그를 향해 검지를 추켜세운 한천이, 창가에 기대어 선 채로 심술궂은 미소와 함께 말했다.

"자 그럼 여기서 질문 하나."

말을 끝낸 한천이 훌쩍 창문을 넘어 안으로 들어섰다. 방 안에 착지한 그가 두 사람의 심장을 뒤흔드는 한마디를 던졌다.

"두 분의 부총관들은 지금 어디에 있을까요?"

그 한마디에 황균과 어교연은 누가 먼저라고 할 것도 없이 서로를 향해 고개를 돌렸다. 일순 머릿속으로 밀려드는 불안한 예상 하나.

그리고…….

스르릉.

이번에는 둘의 시선이 소리가 들려오는 쪽으로 향했고, 그곳에는 천천히 검을 뽑아 들고 있는 한천이 있었다.

한천이 웃는 얼굴로 말했다.

"아, 힘들게 시치미를 떼실 필요 없습니다. 의문을 가지고 나타난 게 아니라 확신을 가지고 온 거니까요. 제가 혼자서 두 분 앞에 나타난 건 증거가 없어서가 아니거든요. 그저…… 혼자서도 충분했기 때문입니다."

말과 함께 검을 늘어트린 한천을 바라보던 황균은 이를 갈았다.

부총관들이 나타나지 않은 걸 그저 일 때문이라 여겼거늘…….

허나 그렇다고 해서 지금 이 상황에 모든 걸 인정하거나 하는 건 어리석은 짓이다. 어교연에게는 몰라도 황균에게는 아직 마지막 수가 남아 있었으니까.

모든 일을 어교연, 그녀의 잘못으로 만든다.

그리고 그 전까지는 어떻게든 힘을 합쳐 이 난관을 타개해야 했다.

황균이 차고 있던 검을 뽑아 들며 말했다.

"아무래도 말이 통하지 않겠군. 이 일에 대한 오해는 네 녀석을 쓰러트리고 우리가 직접 루주님께 전하도록 하지."

"그게 가능하다면?"

한천이 어깨를 으쓱하며 웃었다.

그의 여유 가득한 모습은 황균의 심기를 건드리기 충분했다.

'도대체 뭘 믿고 저리도 건방지단 말인가.'

혼자서도 충분하다며 자신들을 눈앞에 둔 채로 전혀 겁먹지 않고 있는 한천이다. 비록 정보 단체의 인물이니만큼 상대적으로 다른 문파의 장로급에 비해서 무공이 낮은 건 사실이지만 상대는 고작 일개 부총관 한 명일 뿐이다.

순간 어교연에게서 전음이 날아들었다.

『이총관님 어떻게 하실 생각이죠?』

『우선은 눈앞에 있는 저놈부터 쓰러트리도록 합시다. 추후의 일은 직접 루주님을 만나 뵙고 해결하도록 해야 할 것 같습니다.』

『하지만 한천의 말대로 부총관들이 저들 손에 들어간 거라면…….』

자신 둘이 벌인 일에 대해 너무도 잘 알고 있는 부총관들이다. 그 둘의 입이 열렸다면 그 어떠한 변명도 먹히지 않을 거라는 걸 어교연은 잘 알고 있었다.

걱정 어린 기색을 내비치는 그녀를 향해 황균이 답했다.

『생각해 둔 방법이 있습니다. 우선은 저자부터 처리하도록 하지요.』

황균의 전음에 어교연의 얼굴에 희망이 맴돌았다.

그 방법이라는 것이 자신을 희생시키는 것일 줄은 상상도 못 한 채로 말이다.

황균의 말로 인해, 이번 일의 혐의에서 벗어날 방도가 있을지도 모른다 생각하며 어교연 또한 자신의 무기를 빼 들었다. 두 사람과 마주한 한천이 웃으며 말했다.

"조심해야 할 겁니다. 오늘 두 분은 제게 상관이 아닌 동료를 버린 죄인이거든요."

"그 입 닫아!"

버럭 소리를 내지른 어교연이 먼저 움직였다.

파앙!

바닥을 박차고 날아오른 그녀의 검이 일(一)자로 날아들었다. 어교연의 몸은 순식간에 방 반대편에 자리하고 있던 한천의 지척까지 도달했다.

그녀는 자신이 있었다.

상대는 고작 부총관. 자신의 이 날카로운 기습이 상대를 곤란하게 만들기 충분할 거라 확신했다.

그런데…….

날아드는 공격을 물끄러미 바라보던 한천은 검이 자신을 관통하려는 순간 가볍게 옆으로 움직였다. 그 때문에 검은 허공을 갈라 버렸고, 어교연의 몸 또한 균형을 잃을 수밖에 없었다.

서로가 스쳐 지나가는 찰나.

한천이 손등으로 드러난 그녀의 목덜미를 후려쳤다.

빡!

"어억!"

비명과 함께 어교연은 그대로 바닥에 엎어졌다가 서둘러 일어났다.

바닥에 얼굴을 처박은 탓에 이곳저곳이 붉게 물들었고, 덩달아 입 안에서는 피가 줄줄 흘러내렸다.

혹여나 한천이 공격을 펼칠까 서둘러 황균이 달려들었다.

그의 검이 여러 개의 검광을 쏟아 내며 갈라졌다.

카카카캉!

밀려드는 공격들, 그런데 한천은 놀랍게도 그 공격을 모조리 검의 손잡이 아랫부분만으로 받아 냈다.

황균이 사력을 다해 휘두른 일격을 손잡이의 아랫부분만
으로 밀쳐 낸 한천이 껑충 뛰어올랐다. 동시에 발이 황균의
가슴팍을 후려쳤다.

일격을 허용한 그가 뒷걸음질 쳤다.

"우읍! 이, 이 새끼가……."

뒷걸음질 치던 와중에 검을 땅에 박아 넣으며 몸을 지탱
한 황균이 힘겹게 욕설을 내뱉었다. 얼결에 밀려 나간 그는
아직까지도 지금 이 모든 일련의 상황들을 쉬이 이해하기
어려웠다.

자신의 공격을 마치 장난치듯 받아 낸 걸로 모자라 눈으
로 좇지도 못할 정도로 빠른 움직임으로 일격을 날렸다.

사실 날아든 것이 발이라 망정이지, 만약 그것이 검이었
다면 이미 숨통이 끊어지고도 남았을 상황이다.

지금 보여 준 한천의 실력.

그것만으로도 그가 자신들의 생각과는 비교도 안 될 정
도의 무력을 지닌 무인이라는 사실을 깨달을 수 있었다.

황균은 눈을 부릅뜬 채로 눈앞에 있는 상대를 바라봤다.

처음 등장했을 때부터 의아했던 저 자신감 가득한 모습.

'설마…… 여태까지 실력을 숨겨 왔다는 건가?'

무림에서 자신의 실력을 감추는 경우는 부지기수다. 하
지만 이건 경우가 조금 달랐다.

십 년이 넘는 시간 동안 보아 왔던 자다. 거기다가 같은 무리에 속해 있었기에 실력을 완전히 파악하고 있다 여겼다.

간신히 몸을 지탱하고 있는 두 사람을 향해 검을 어깨에 걸친 채 서 있던 한천이 혀를 내두르며 탄성을 내질렀다.

"허어, 이거 놀랍군요. 형편없을 줄은 알았지만…… 이거 기대 이상인데요."

"……네놈이 무엇을 믿나 했더니 숨겨 둔 실력이 있었구나."

"숨겨 둔 것이라기보다는 보여 드릴 기회가 없었다는 게 정확하겠죠?"

"감히 상관을 건드리다니. 루주님을 뵙겠다! 그래서 직접 무고를 밝힘과 동시에 네게 벌을……."

실력으론 안 된다는 사실을 알았기에 황균은 재차 루주를 언급했다. 루주를 직접 만난다면 어떻게든 방도를 찾을 수 있다 여겨서였다.

그런 그를 향해 한천이 손사래를 치며 답했다.

"아아, 걱정 마시죠. 그러지 않으셔도 그렇게 해 드릴 생각입니다."

"루주님을 뵙게 해 준다고?"

"그럼요. 두 분을 제 마음대로 죽일 순 없지 않습니까.

루주님을 직접 뵙게 될 거고, 그 처벌 또한 루주님께서 직접 정하실 겁니다. 다만."

처음부터 두 사람을 죽일 생각이 없었던 한천이다.

그의 역할은 이곳에 있는 저 둘을 끌어다가 적화신루라는 이름 앞에 무릎 꿇리는 일이었다.

잠시 대화를 끊었던 한천이 천천히 말을 이었다.

"……두 분을 어떻게 끌고 갈지는 아무래도 제 마음대로일 것 같군요."

말과 함께 한천이 성큼 앞으로 다가섰다.

놀란 듯 움찔하는 두 사람 중 어교연에게 시선을 돌린 한천이 웃는 얼굴로 입을 열었다.

"쉽게 안 끝날 겁니다. 한 분한테는 그간 좀 쌓인 게 있어서요."

미소가 묘하게 섬뜩한 건 아마도 그간 어교연이 백아린이나 한천에게 해 왔던 행동이 그리 좋지 못했기 때문이리라.

다가서던 한천이 퍼뜩 생각났다는 듯 말했다.

"아 참, 그리고 도망갈 생각이 있으면 버리시는 게 좋을 거라고 충고해 드리죠. 사실 저만 왔다는 건 거짓말이거든요."

"뭐?"

놀란 듯 어교연이 되물을 때였다.

우우웅!

뒤쪽에서 밀려드는 묵직한 내공의 움직임을 느낀 황균과 어교연이 뒤편으로 고개를 돌렸다.

콰앙!

폭음과 함께 벽면 한쪽이 날아가 버렸고, 무너져 있는 돌무더기 위로 한 명의 사내가 성큼 들어서고 있었다.

사내라고 보기 어려울 정도로 곱상한 외모의 소유자.

허나 정보 단체에 몸담고 있는 황균과 어교연이 상대가 누군지 모를 리 만무했다.

천무진의 최측근 단엽.

그가 무너진 벽을 통해 방 안으로 들어서고 있었다. 한천이 반갑게 그를 맞았다.

"너답게 참 소란스럽게도 나타난다."

단엽은 눈앞에 있는 두 명의 상대를 바라보며 맘에 안 든다는 듯 고개를 절레절레 저었다.

그러고는 이내 핀잔을 주던 한천을 향해 말했다.

"재미있게 해 준다더니 이 잔챙이들은 뭐냐?"

관심도 안 간다는 듯 시큰둥하게 말하는 단엽.

그렇지만 그런 그의 태도에도 황균이나 어교연 모두 입을 열 수 없었다.

단엽은 자신들에게 이 같은 말을 내뱉을 자격을 갖춘 인물이었으니까.

단엽까지 등장하자 안색이 파리해진 황균은 급히 생각을 정리했다.

지금은 싸워야 할 때가 아니었다.

한천 하나로도 버거웠던 상황에서 천하에 이름을 떨치는 무인 단엽까지 나타났다. 이건 어떻게든 피해야 할 싸움이 되어 버린 것이다.

황균이 서둘러 입을 열었다.

"대홍련의 부련주시군요."

"그런데?"

"이야기는 많이 들었습니다. 최근 저희 적화신루와 좋은 관계로 지내고 있다는 것도요. 저는 이총관 황균이라고 합니다. 예전부터 한번 뵙고 싶었습니다. 아무래도 저에 대해 뭔가 오해가 있으신 것 같은데 천천히 차라도 한잔하시면서……."

황균이 친근한 척 말을 내뱉으며 단엽에게 다가갈 때였다.

뻐억!

단엽의 주먹이 다가오는 황균의 얼굴을 후려쳤다. 피를 뿌리며 나가떨어지는 그를 바라보며 단엽이 퉁명스레 말했다.

"어디서 친한 척이야."

　　　　＊　　　　＊　　　　＊

　천무진은 무척이나 빠른 속도로 몸을 회복해 나갔다. 덕
분에 일어난 지 얼마 되지 않아 원래의 몸 상태까지 회복할
수 있었다.

　그렇게 슬슬 지금 있는 마을인 오천을 떠나 원래의 거점
인 마교로 돌아가려던 그때, 갑작스레 날아든 정보는 천무
진과 백아린의 목적지를 바꿔 놓았다.

　한천이 일을 벌이기 전에 보낸 서찰이었다.

　자리에 앉은 채로 서찰의 내용을 확인한 그녀가 표정을
구겼다.

　'……역시 그 두 사람이었던 건가?'

　누군가가 자신과 한천을 가짜 정보로 함정에 몰아넣었
다. 범인으로 예상되는 몇몇 이들이 있었는데, 이 서찰 안
에 적힌 이름은 그녀가 의심했던 몇몇 중에 포함된 자였
다.

　이총관 황균과 육총관 어교연.

　백아린에게 서찰을 보낼 때까지만 해도 아직 한천이 그
두 사람을 잡기 전이었기에 이것만으로는 상황이 어떻게
흘러갔는지 장담할 수 없었지만…….

　'부총관이라면 이미 일을 마무리 지었겠군.'

한천의 실력을 잘 아는 백아린이다.

백아린은 그가 이미 두 사람의 신병을 확보하고, 서찰에 적힌 장소로 데리고 오고 있을 거라고 확신했다. 그리고 이 서찰은 자신뿐 아니라 일총관 진자양에게도 보냈다고 하니, 아마 그도 지금쯤 열심히 움직이고 있을 것이다.

서찰을 바라보며 딱딱하게 표정을 굳힌 백아린의 모습에 침상에 걸터앉아 있던 천무진이 슬쩍 물었다.

"누구한테 온 서찰인데 그렇게 심각해?"

"부총관이요."

"그래? 뭐 문제라도 생긴 건가?"

"아뇨, 문제가 생겼다기보다는 해결했다는 것이 맞겠죠."

"무슨 일인데?"

"당신도 알 거예요. 이번 거짓 정보의 배후에 누군가가 있을 것 같아 조사하고 있었다는 걸요. 그들을 찾았다네요."

"범인이 누군데?"

천무진의 질문에 백아린이 짧게 한숨을 내쉬었다.

의심하긴 했지만, 제발 아니기를 바랐다. 자신을 좋아하지 않는다는 건 예전부터 알았지만 같은 적화신루의 사람들.

이왕이면 외부의 개입으로 인해 문제가 생겼던 것이기를 기도했거늘…….

그녀가 입을 열었다.

"이총관과 육총관이요."

대답이 떨어지는 순간 천무진이 움찔했다.

둘 중 한 명이 자신도 아는 자였기 때문이다.

'그 여자를 말하는 건가?'

천무진은 기억 저편에 있는 어교연의 얼굴을 떠올렸다. 어렴풋이 떠오른 그녀는 한눈에 봐도 욕심이 많아 보이는 자였다.

그랬으니 직접 천무진을 찾아와 자신의 손을 잡자는 제안을 했던 것이겠지.

백아린보다 자신이 더 뛰어나다며, 스스로의 능력을 강하게 주장하던 어교연이었다. 물론 천무진은 그런 그녀의 제안을 일언지하에 거절했었지만.

스스로가 백아린보다 얼마나 더 출중한 능력을 가졌는지 보여 주겠다며 호언장담을 하던 어교연이었거늘…….

'그래 놓고 보여 준 것이 고작 이런 거라니.'

천무진은 백아린을 상대로 이런 어설픈 싸움을 건 어교연이라는 여인을 떠올리며 피식 웃음을 흘렸다.

그런 그를 향해 백아린이 물었다.

"갑자기 왜 웃어요?"

"아니, 별건 아니야. 그냥…… 그 둘이 상대를 잘못 골랐구나 싶어서."

상대방에게 측은지심을 느끼게 만들 정도로 뛰어난 여인. 그들은 그걸 몰랐고, 그랬기에 이번 계획 또한 실패를 할 수밖에 없었다.

천무진이 물었다.

"그래서 상황이 어떻게 됐는데?"

"아직은 잘 모르겠어요. 그렇지만 부총관이 움직인다 했으니 얼추 상황 정리는 끝났을 테고, 이후의 일은 루주님이 정리하셔야 하는 문제가 된 것 같네요."

벌을 받아야 할 대상들은 다름 아닌 총관의 자리에 올라 있는 이들이다. 아무런 절차도 없이 벌을 내릴 위치가 아니라는 의미였다.

백아린이 이내 말했다.

"아무래도 이 일을 매듭짓기 위해서 잠시 다른 곳에 들렀다가 마교로 돌아가야 할 것 같은데요. 시간 괜찮겠어요?"

"먼 곳인가?"

"아뇨, 일부러 최대한 가까이에서 만날 수 있도록 자리를 준비한 모양이에요. 광동성 내부니 그리 오래 걸리진 않을 거예요."

이야기를 들은 천무진이 고개를 끄덕였다.

광동성 내에서 일을 처리하는 거라면 원래 일정과 크게 차이가 나지 않을 테니, 그 정도라면 전혀 문제가 없다 판단했기 때문이다.

마음대로 하라는 듯한 행동을 취하는 천무진을 가만히 바라보던 백아린이 조심스레 입을 열어 이야기를 꺼냈다.

"그리고 이번 자리엔 루……."

"사, 사총관님!"

다급한 발걸음 소리와 함께 터져 나온 고함 소리에 백아린은 하려던 말을 멈추고는 입구 쪽으로 시선을 돌렸다. 그리고 그곳으로 이곳 장원을 관리하는 적화신루의 인물 하나가 모습을 드러냈다.

새하얗게 질린 그를 보며 백아린은 뭔가 일이 벌어졌음을 직감했다.

그녀가 급히 물었다.

"무슨 일이죠?"

"그, 그것이……."

지금의 일을 어찌 설명해야 할지 곤란한 표정을 지어 보이던 사내는 이내 흥분을 가라앉히며 이곳에 온 이유를 알렸다.

"창고에 가둬 둔 그 여자가…… 죽었습니다."

수하의 그 말에 백아린이 놀란 듯 자리에서 벌떡 일어났다.

창고에 갇혀 있는 적련화는 백아린에게 혈도를 점혈당해 있었다. 그랬기에 스스로 목숨을 끊고 싶어도 그러는 것이 불가능한 상태였던 것이다.

그런데 죽었다고?

눈을 크게 치켜뜬 채로 그녀가 물었다.

"죽었다고요? 설마 외부에서 누가 잠입이라도 한 건가요?"

그 또한 확률이 그리 높진 않았지만 지금 상황에서는 그것이 아니라면 적련화가 죽는 것은 불가능하다 생각됐다.

허나 그런 그녀의 질문에 수하는 애매한 표정을 지어 보였다.

"그것이…… 말로 표현하기는 힘들고 직접 보셔야 할 것 같습니다."

"알겠어요. 바로 가죠."

말을 마친 백아린이 막 방에서 빠져나가려고 할 때였다. 침상에 앉아 있던 천무진이 입을 열었다.

"잠깐."

그의 목소리에 백아린이 멈칫하고는 뒤를 돌아봤다. 침상에서 천천히 일어선 천무진이 심각한 표정으로 입을 열었다.

"나도 함께 가지."

"······괜찮겠어요?"

"상태가 안 좋을 것 같으면 알아서 멈출게. 그러면 별문
제 없는 것도 확인했잖아."

천무진의 말에 백아린이 고개를 끄덕였다.

다른 이도 아닌 적련화의 일이다. 천무진으로서도 직접
눈으로 확인하고 싶은 건 당연했다.

두 사람은 수하의 뒤를 따라 곧바로 적련화를 가둬 두었
던 창고로 향했다. 그렇게 막 창고 근처에 도착했을 무렵이
었다.

"윽."

백아린은 짧은 소리와 함께 눈살을 찌푸렸다. 그저 근처
로 갔을 뿐이거늘 열린 창고의 문을 통해 지독한 냄새가 흘
러나오고 있었다.

그건 오래된 시체 썩는 냄새와 흡사했다.

믿기 어려울 정도로 지독한 악취를 참으며 두 사람은 창
고 안으로 들어섰다. 그리고 안에는 먼저 이곳에 자리하고
있던 세 명의 수하들이 있었다.

백아린을 향해 그들이 인사를 건네려 하자 그녀는 서둘
러 괜찮다는 듯 손을 들어 올렸다.

백아린이 등장하자 세 명의 수하들은 곧장 바깥으로 나갔고, 이곳으로 안내해 준 사내만이 옆에서 대기하고 있었다.

앞장서서 들어섰던 백아린이 이내 뒤편으로 고개를 돌렸다. 뒤이어 들어선 천무진이 적련화의 시신과 조금씩 거리를 좁혔다.

당시 천무진은 크게 여섯 걸음 반 정도의 거리를 뒀을 때, 고통에서 벗어날 수 있었다. 그렇지만 이번엔 그보다 조금 더 가까이 갔음에도 불구하고 그는 멀쩡해 보였다.

백아린이 서둘러 물었다.

"괜찮아요?"

"……그런 것 같은데?"

"그래도 혹시 모르니 조금씩 상태를 확인하면서 와요. 전 먼저 시신부터 보고 있을게요."

"그렇게 해."

대화를 끝낸 백아린은 곧장 쓰러져 있는 적련화의 시신을 향해 다가갔다. 거리가 좁혀질수록 악취는 심해졌고, 엎어져 있는 시신의 상태가 보다 확실하게 눈에 들어왔다.

다가가던 그녀의 눈동자가 흔들렸다.

'대체 이건…….'

창고에 들어설 때부터 보아 알고 있긴 했지만, 이상할 만큼 근처가 온통 피투성이다. 조심스레 주변을 확인하며 다가선 백아린은 곧장 엎어져 있는 적련화의 시신을 똑바로 돌려 눕혔다.

그리고 그 시신이 제대로 눕는 순간.

백아린은 입술을 꽉 깨물었다.

순간 뒤편에서 상황을 살피고 있던 적화신루 쪽 수하가 자신도 모르게 큰 소리를 냈다.

"허억!"

그는 제법 경험이 풍부한 인물이었다.

시신을 본 적은 수도 없이 많거늘, 그는 자리에 털썩 주저앉아 멍하니 시신을 바라볼 수밖에 없었다.

그 또한 끔찍하게 죽었다는 사실만 확인했었을 뿐, 시신의 상태를 제대로 본 건 지금이 처음이었다.

참지 못한 사내가 구역질을 해 대기 시작했다.

"우, 우웩! 웩!"

참으려 했지만, 도저히 불가능했다.

그만큼 시신의 상태가 너무도 끔찍했으니까.

옆에서 토악질을 해 대는 수하의 모습에 백아린이 재빨리 말했다.

"나가 있어요. 여긴 우리가 알아서 할 테니."

"죄, 죄송합…… 웨웩!"

참지 못하겠는지 재빠르게 바깥으로 뛰쳐나간 수하가 재차 구역질을 해 대는 소리가 들렸다. 허나 그 와중에서도 백아린은 최대한 침착하게 시체의 상태를 확인했다.

원래도 끔찍했던 외형의 적련화였다.

하지만 지금의 상태는 눈을 뜨고 보기 어려울 정도로 끔찍했다.

한쪽 눈은 어떠한 고통을 마주했는지 말해 주려는 것처럼 크게 치켜뜬 상태였고, 반대편 눈알은 반쯤 사라져 있었다.

마치 무엇인가에 먹히기라도 한 것처럼.

어디 그뿐인가.

배는 갈라진 채로 몸 안의 장기들을 드러내고 있었는데, 그것들은 조각조각 나 있었고 전신의 구멍이란 구멍에서는 모조리 피가 뿜어져 나온 듯싶었다.

거기다가 전신의 살점 곳곳이 찢겨 나가 있었다.

보통의 시체와는 비교도 할 수 없을 정도로 지독한 악취가 풍겼고, 또 엎어져 있던 바닥에는 찢겨진 장기들이 어지럽게 얽혀 있었다.

손가락이나 발가락에 있는 손톱과 발톱들마저도 뽑혀 있는 지금 이 상황은 실로 끔찍하기 그지없었다.

백아린이 시체의 상태를 확인하는 사이, 어느덧 바로 뒤에까지 다가온 천무진이 죽어 있는 적련화를 말없이 내려다보고 있었다.

전생에 이어 이번 생까지.

천무진을 쥐락펴락했던 여인인 적련화가 비참한 몰골로 숨을 거두고야 만 것이다.

시신을 확인한 천무진이 나지막이 중얼거렸다.

"끔찍하군."

"……그러게요. 대체 무슨 일이 있었던 걸까요?"

외부인의 침입이 있었던 건 아닐까 했지만, 이런 식으로 죽였다면 소란이 일었을 테고 그걸 천무진이나 백아린이 눈치채지 못했을 리가 없다.

천무진이 물었다.

"썩은 냄새가 보통이 아닌데 대체 언제 죽은 거지?"

"정확히는 모르겠어요. 시체의 부패 속도가 정상 범주가 아닌지라 더 자세하게 파악하는 건 어려울 것 같고요. 다만 반나절 전까지만 해도 살아 있는 걸 직접 봤으니…… 아마도 그사이에 벌어진 일이겠죠."

말을 마친 백아린은 다시금 천천히 시체의 상태를 살폈다.

찢긴 장기와 살점들.

평범하지 않은 부패 속도.

그런데…… 적련화를 죽게 만든 그 뭔가가 무엇일지 전혀 감이 오지 않았다.

보통 사람은 보는 것조차 쉽지 않을 끔찍한 시체를 백아린은 천천히 어루만졌다. 찢겨 나간 살점 부위를 만지며 백아린이 중얼거렸다.

"검이나 일반 쇠붙이로 찢긴 상처는 아닌데……."

베인 흔적이 아니다.

상처는 불규칙했고, 찢긴 방향도 이상했다.

마치 이건 흡사…….

그때 뒤에서 상처 부위를 바라보던 천무진이 입을 열었다.

"뭔가에 물어뜯긴 상처 같군."

"당신도 그렇게 보여요?"

"응. 일반적으로 베이거나, 특이한 무기에 찢긴 흔적으로 보긴 어려워."

천무진의 말에 동감한다는 듯 고개를 끄덕이며 백아린은 상처 부위를 더욱 조심스레 어루만졌다. 천무진의 말대로 이건 뭔가가 물어뜯은 듯한 느낌이었다. 그런데 그 뭔가는 무척이나 작은 놈이 분명했다.

개나, 호랑이 같은 커다란 동물이었다면 한눈에 봐도 알 수 있을 날카로운 이빨의 흔적이 있었겠지만, 지금 적련화의 시신에는 그런 게 없었으니까.

그리고…….

엉망이 된 시신을 어루만지던 백아린이 이내 말했다.

"상처가 몸 안쪽에서부터 시작됐어요."

그녀의 말에 천무진은 꿈틀했다.

지금 백아린이 하고자 하는 말의 의미를 너무도 잘 알았으니까.

그녀는 말하고 있는 것이다.

몸 안에서 나타난 정체불명의 무엇인가가 적련화의 신체를 갈기갈기 뜯어먹었다고.

그리고 그 말은 곧…….

시신을 어루만지던 백아린이 뒤편에 있는 천무진을 향해 고개를 돌렸다.

지금 이 상황에서 의심할 수 있는 건 하나였다.

천무진이 자신의 몸 안에 있을지도 모른다 생각하고 있는 바로 그 벌레!

시선을 맞춘 두 사람이 동시에 입을 열었다.

"자모충?"

5장. 비밀
— 당신도 와요

　단엽과 한천이 탄 마차는 광동성의 중심 부분에 위치한 정호산(鼎湖山)으로 향하고 있었다. 정호산은 열대 식물들이 많은 곳으로, 그 꼭대기에는 커다란 호수가 자리하고 있기도 했다.

　비취색의 아름다운 물길, 그리고 주변을 가득 채운 울창한 수풀들이 하나의 그림이 되어 아름다움을 뽐내는 정호산은 예로부터 빼어난 풍경으로 유명했다.

　정호산을 향해 내달리던 마차가 이내 천천히 속도를 줄였다. 그리고 마차가 완전히 멈춰 서는 순간 닫혀 있던 문이 열리며 안에서 두 명의 사내가 모습을 드러냈다.

마차에서 내려선 단엽과 한천은 찌뿌둥한 몸을 가볍게
풀었다.

꽤나 가파른 산길을 바라보며 단엽이 투덜거렸다.

"여길 올라가야 되는 거야?"

최대한 마차를 타고 움직이고 싶었지만, 이곳부터는 산
세가 가팔랐고, 그 때문에 직접 두 발로 움직여야 했다.

귀찮은 티를 팍팍 내는 단엽을 향해 한천이 말했다.

"순식간에 올라갈 수 있으면서 죽는소리는."

"뭐 그렇긴 한데. 다만 저런 놈들을 업고 움직여야 한다
는 게 좀……."

말과 함께 슬쩍 뒤를 바라보는 단엽의 눈에는 마차 안에
널브러져 있는 두 명의 모습이 들어왔다. 곤죽이 된 채로
쓰러져 있는 황균과 어교연이었다.

밀담을 가졌던 그날 두 사람은 단엽과 한천에게 혼절할
때까지 두드려 맞았고, 그 이후로는 이렇게 짐짝처럼 끌려
다녔다.

이곳까지 달려오는 며칠간 마차 바닥에 던져졌던 탓에
둘은 거의 죽을 지경이었다. 마차가 달리며 전해지는 충격
을 온몸으로 고스란히 받아야만 했으니까.

허나 그들은 아무런 반항조차 하지 못하게 혈도가 점혈
되어 있었고, 불편한 그 상태 그대로 몇 날 며칠의 시간을

보냈던 것이다.

잠시 쓰러진 두 사람에게 향했던 시선을 위로 돌리며 단엽이 중얼거렸다.

"주인하고 백아린은 도착했으려나?"

"글쎄. 연락이 언제 닿았을지 가늠하기 어려우니 가 봐야 알 것 같은데."

일총관 진자양에게는 이미 연락을 받아서 그가 도착해 있다는 사실을 알고 있었다. 다만 아직까지 천무진에게 간 백아린에게서는 받은 연락이 없어 정확한 상황을 파악하지 못했다.

그렇게 단엽이 산 위를 바라보고 있는 찰나.

한천이 슬그머니 마차로 다가가서 어교연을 둘러업었다.

그러고는 아무렇지 않게 막 지나쳐 가려는 한천의 어깨를 단엽이 붙잡았다.

한천이 어색한 웃음과 함께 고개를 돌릴 때였다.

단엽이 기가 차다는 표정으로 입을 열었다.

"어이, 어디서 수작질이냐."

"……응?"

"모르는 척하면 다냐. 네가 일부러 둘 중 가벼운 놈으로 든 거잖아. 내가 모를 줄 알아?"

"하하, 오해야. 그냥 난 가까운 쪽에 육총관이 있어서 든 거뿐이거든."

"그래? 그럼 네가 저 무게가 더 나가는 놈으로……."

단엽이 잘됐다는 듯 손을 떼고 황균을 가리키는 그 찰나 몸이 풀린 한천이 쌩하니 산 위로 달려 나갔다. 순간적으로 멀어지는 한천의 뒷모습을 멍하니 바라보던 단엽이 이내 이를 부득부득 갈았다.

"저 망할 놈의 자식이."

점점 멀어지는 뒷모습을 바라보던 단엽은 뒤편에 널브러 져 있는 황균을 둘러멨다.

단엽은 반드시 응징을 하겠다고 다짐하며 이제는 보이지 도 않을 정도로 멀어지고 있는 한천의 뒤를 뒤쫓기 위해 발 걸음을 내디뎠다.

정호산 꼭대기에 자리한 자그마한 거처.

커다란 호수인 정호 인근에 자리한 그곳은 무척이나 경 관이 빼어난 장소였다. 누군가가 주기적으로 관리는 하고 있었지만 긴 시간 사람이 찾지 않았는지 내내 조용하던 그 거처에 오랜만에 활기가 돌았다.

덜컹!

문을 열고 모습을 드러낸 한천이 만족스러운 얼굴로 등

에 업고 있던 어교연을 그대로 바닥에 툭 하고 떨어트렸다.

한천은 담장 너머로 보이는 정호라는 이름을 지닌 호수를 바라보며 입을 열었다.

"크, 경치 좋군."

"……좋겠지. 그렇게 불러도 뒤도 안 보고 달려갔으니."

이윽고 뒤에서 들려오는 목소리에 고개를 돌린 한천이 히죽 웃었다.

"그랬어? 워낙 급히 달리느라 못 들었네."

"귓구멍을 확 뚫어 줄까?"

마찬가지로 둘러메고 있던 황균을 패대기친 단엽이 웃으며 다가왔다. 그런 그를 향해 한천이 서둘러 손사래를 치며 거리를 벌렸다.

한천이 말했다.

"워워, 진정하게."

"진정하긴 이걸 확……."

주먹을 들어 올리며 당장이라도 휘두르려는 듯 시늉을 해 보이던 찰나.

움직이던 두 사람이 동시에 멈추어 섰다.

누군가가 멀리서 모습을 드러냈기 때문이다. 단엽이 슬쩍 고갯짓을 하며 물었다.

"아는 사람이냐?"

멀리서 모습을 드러낸 세 명의 사내.

일총관 진자양과 그의 아래에 있는 두 명의 부총관이었다.

백아린을 대신해 루주의 자리에서 흉내를 내는 부총관인 주서호와 이런 비밀에 대해서는 아무런 것도 모른 채, 순수하게 진자양의 일을 돕고 있는 석철지라는 자였다.

단엽의 질문에 한천이 고개를 끄덕이며 답했다.

"응, 우리 편이다."

"그래?"

잠깐 내공을 끌어올리던 단엽은 모습을 드러낸 상대가 적이 아니라는 걸 알자 곧바로 힘을 거뒀다. 멀리에서 모습을 드러낸 진자양과 그의 휘하에 있는 두 명의 부총관이 얼마 안 있어 가까이로 다가왔다.

한천이 먼저 진자양에게 인사를 건넸다.

"오랜만에 뵙습니다, 일총관님."

"먼 길 오느라 고생했네, 한천."

한천의 인사에 화답한 진자양의 시선이 이내 빠르게 다른 이들에게로 향했다. 쓰러져 있는 두 명의 총관들, 그리고 한천의 옆에 자리한 단엽까지.

잡혀 온 두 총관을 보는 순간 진자양의 표정은 노한 듯 분노로 가득했다.

허나 이내 그는 마음을 추스르고 곧바로 한천의 옆에 자리한 단엽에게 포권을 취해 보였다.

"대홍련의 부련주시지요? 적화신루 일총관 진자양이라고 합니다."

"아아, 난 뭐 없는 사람 취급해 주면 돼."

어차피 이번 일은 적화신루 내부의 문제다.

단엽의 성격상 원래 깊게 개입하지도 않겠지만, 해서도 안 되는 일이었다. 그랬기에 자신은 없는 사람 취급하고 별로 신경 쓰지 말라는 뜻을 먼저 내비친 것이다.

그런 단엽의 모습에 진자양은 내심 놀랐지만 애써 감정을 감췄다.

소문으로 듣기에는 무척이나 난폭하고 말보다는 주먹이 앞서는 인물이라 들었다. 물론 그것이 틀리지 않을 수도 있었지만…….

'생각보다 더 거물이로군.'

단엽이라는 사내를 생각은 않고 주먹만 휘두르는 다혈질에 난폭한 자라 여겼었다. 그런데 막상 만나 본 그는 단순히 난폭하기만 한 자가 아니었다.

자기가 나서야 할 때와 물러날 때를 아는 사내.

진자양이 단엽을 향해 말했다.

"배려해 주셔서 감사합니다."

"배려는 무슨. 그보다 이제 간섭 안 할 생각이니까 저 쓰러져 있는 두 놈들 옮기는 것도 이제 그쪽들이 알아서 해."

"물론이지요. 석철지, 주서호."

자신들을 부르는 소리에 부총관 두 사람이 빠르게 다가왔다. 진자양이 곧장 둘에게 명령을 내렸다.

"잡혀 온 죄인들을 가둬 두게."

"옙, 총관님."

석철지가 대표로 대답한 직후 두 사람은 바닥에 내팽개쳐져 있던 황균과 어교연을 끌고 뒤편으로 사라졌다.

그렇게 두 명의 부총관이 사라지는 사이, 한천이 물었다.

"총관님, 대장도 도착하셨습니까?"

"여기 있던 건 우리들뿐일세."

진자양은 이틀 전에 이곳에 도착했고, 당시에도 이곳엔 아무도 없었다.

그를 향해 한천이 재차 질문을 던졌다.

"혹 그러면 뭔가 소식을 들으신 거라도 있으신지요?"

"흐음, 글쎄. 아쉽게도 특별한 건 없네. 다만 내가 오는 와중에 전해 들은 바로는…… 오천에서 천룡성 무인 분의 흔적을 엄청나게 찾고 있었다고 하더군."

"천 공자님의 흔적을 말입니까?"

한천이 이해가 안 된다는 듯 되물었고, 진자양이 조심스레 말을 받았다.

"아무래도 그분께 무슨 일이 생긴 모양이더군."

진자양의 입에서 그 말이 나온 바로 직후였다.

"뭐라고? 주인한테 무슨 일이 있다니? 그게 무슨 말이야?"

어교연과 황균의 일에는 관심도 가지지 않고 멀뚱멀뚱 서 있던 단엽이 눈을 부라리며 다가왔다. 순간적으로 뿜어져 나온 기세에 진자양은 자신도 모르게 반걸음 뒤로 물러서고 말았다.

공격을 한 것도 아니거늘 절로 기에 눌려 버린 것이다.

당황했던 진자양은 곧바로 정신을 차리고는 답했다.

"정확한 것은 아직 저도 파악이 되지 않고 있습니다. 다만 천룡성의 무인 분이 실종되셨고, 그 때문에 적화신루의 모든 정보망을 총동원해서 흔적을 찾고 있다는 것 정도만 알고 있습니다."

"이런 젠장!"

단엽이 화가 난다는 듯 버럭 소리를 내질렀다.

그리고 표정의 변화가 생긴 건 한천도 마찬가지였다. 그도 딱딱하게 굳은 표정으로 입술을 깨물었다.

백아린의 염려대로 함정에 빠진 자신들이 아닌 다른 어딘가에서 일이 벌어졌던 모양이다.

그리고 그 대상은 천무진이었다.

단엽이 옆에 서 있는 한천에게 재빨리 말했다.

"야, 여기서 이러고 있을 거야? 지금 이놈들 처리하는 것보다 주인의 행방부터 찾는 게 먼저잖아."

"……아무래도 그래야 될 것 같네."

적화신루 내에서 총관의 위치에 있는 두 명이 동료들을 죽이기 위해 거짓 정보를 내보냈다. 분명 이건 적화신루 자체를 뒤흔들 커다란 사건이다.

허나 그렇다고 한들 천무진에게 생긴 어떤 일보다 먼저 처리해야 할 문제는 아니었다.

한천이 재빨리 앞에 있는 진자양에게 자신의 생각을 전달했다.

"일총관님, 죄송하지만 이곳을 맡기고 잠시 다녀와야 할 것 같습니다. 시간은 다소 걸리겠지만 부탁드리지요."

"그리하게."

한천의 말에 진자양은 고개를 끄덕였다.

그 역시 적화신루에게 천룡성 무인인 천무진의 존재가 얼마나 중요한지 알았고, 또 한천의 말은 제아무리 자신이라 한들 쉽사리 흘려들을 수 없었다.

한천은 적화신루의 인물이 맞다.

하지만 우습게도 그가 적화신루에 있는 이유는 백아린이

있기 때문이다. 그에게 중요한 건 적화신루가 아닌, 백아린이었고 그녀의 명령만을 따랐다.

진자양은 그의 그런 점을 알았기에 적화신루의 부총관이라고는 하지만 한 번도 한천을 자신의 아랫사람이라 여긴 적이 없었다.

그는 그저 그일 뿐이니까.

진자양에게 답을 받은 한천은 다급히 질문을 던졌다.

"마지막 소식이 온 건 언제고, 또 어디에 계신답니까?"

"내가 소식을 전달받은 것이 대략 육 일 정도 되었으니 그 정보가 오는 데까지 걸리는 시간을 계산하면 대략……."

말을 끌던 진자양이 계산을 마치고 한천의 질문에 답하려는 그때.

덜컹.

뒤편에 있는 문이 열리며 누군가가 모습을 드러냈다. 그리고 그곳에서 모습을 드러낸 것이 누구인지 가장 먼저 확인한 건 문과 정면으로 마주하고 진자양이었다.

들려온 소리에 단엽과 한천이 고개를 돌리려는 찰나, 진자양의 입이 열렸다.

"적어도 어디에 계신지는 지금 알겠군. 자네 뒤일세."

진자양의 그 말과 동시에 고개를 돌린 한천은 입구를 통해 막 걸어 들어오는 한 쌍의 남녀를 볼 수 있었다.

천무진과 백아린.

두 사람이 막 이곳에 들어선 것이었다.

백아린은 앞에 있는 일행들을 확인하고는 눈을 동그랗게 뜬 채로 말했다.

"뭐야? 여기들 다 모여 있네?"

"대장!"

다급히 한천이 백아린에게 향하는 사이, 단엽 또한 천무진을 향해 움직였다.

순식간에 천무진 앞에 도착한 단엽은 그의 팔을 잡고 이리저리 살피기 시작했다. 어딘가 다친 곳이 없는지 확인이라도 하려는 듯이 말이다.

갑작스러운 단엽의 행동에 천무진이 눈살을 찌푸리며 말했다.

"갑자기 뭐 하는 거야?"

"아니, 실종됐었다면서? 근데 멀쩡한데?"

"일이 좀 있긴 했는데……."

말을 하던 천무진이 슬쩍 옆에 있는 백아린을 바라봤다. 자연스레 단엽의 시선 또한 그녀에게로 향했고, 천무진이 말을 이었다.

"백아린 덕분에 별문제 없이 돌아왔다."

"건방진 여자, 또 한 건 했나 보네?"

"그놈의 입을 확."

백아린이 때리는 시늉을 하자 단엽이 재빨리 뒤로 물러나며 거리를 벌렸다. 그 틈에 둘 사이로 끼어든 한천이 서둘러 백아린을 말렸다.

"반가워서 저러는 겁니다. 방금 전까지 천 공자님한테 무슨 일이 생긴 줄 알고 엄청 화를 냈거든요. 그동안 별 내색 안 하더니만 꽤나 좋아하는 모양입니다."

"화, 화를 내긴 내가 언제?"

단엽이 절대 아니라는 듯 손사래를 쳤고, 백아린이 팔짱을 낀 채로 의미심장한 미소를 지어 보이며 입을 열었다.

"호오, 그랬어?"

"아니라니까!"

"화를 내는 거 보면 좀 수상한데……."

투덕거리며 싸워 대는 넷을 바라보는 진자양의 표정이 묘했다.

사실 눈으로 보면서도 놀라운 광경이었으니까.

천룡성의 무인 천무진과 대홍련의 부련주 단엽. 그리고 적화신루의 루주인 백아린과, 또 그런 그녀를 따르는 정체불명의 무인 한천까지.

면면을 따져 보면 하나같이 대단한 이들이다.

그런 그들이 마치 어린아이들처럼 서로에게 장난을 치고

웃고 있는 모습이 무척이나 정겹게 느껴졌다.

쉽사리 볼 수 없는 장면에 잠시 넋을 잃고 있던 사이 백아린이 진자양에게 다가왔다.

"일총관님을 뵙습니다."

"……오랜만이오, 사총관."

주변에 다른 눈들이 있었기에 진자양은 백아린을 사총관으로 대했다.

그를 향해 백아린이 곧장 말을 이어 나갔다.

"서찰을 통해 연락을 드렸으니 대충 어떠한 상황인지 아실 거예요. 회의를 통해 둘의 처리에 대해 논하고자 합니다."

"그래야 할 것 같아 회의장을 미리 준비해 두었소. 원하는 때 시작하면 될 터, 미리 말만 전해 주시오."

"역시 일총관님이시네요."

말도 하기 전에 미리 모든 준비를 끝내 둔 진자양의 일 처리에 백아린이 만족스럽다는 듯 말했다.

그녀가 재차 입을 열었다.

"그럼 곧 연락드릴게요."

말을 끝낸 백아린은 아직까지도 뒤편에서 대화를 나누고 있는 세 사람에게 다가갔다.

그녀가 다가가서 입을 열었다.

"다들 밥 먹었어?"

"아뇨, 죽어라 달려오느라 바빴는데 식사를 할 틈이 있었겠습니까."

죽는소리를 해 대는 한천을 향해 고개를 작게 젓던 백아린이 이내 밝게 웃으며 말했다.

"자, 그럼…… 밥부터 먹을까요?"

*   *   *

오랜만에 네 사람이 함께한 식사자리는 무척이나 유쾌하게 지나갔다. 어쩌면 고작이라고 할 수 있는 이십 여일 정도의 시간을 떨어져 있었을 뿐인데, 뭐가 그리도 할 말이 많은지 그들 사이에는 대화가 끝나지 않고 이어졌다.

허나 그 와중에서도 천무진이 이번에 겪었던 일에 대해서는 정확하게 얘기할 수 없었다.

설명하자면 한 번의 삶을 살고 과거로 돌아온 것에 대해서도 이야기해야 했고, 그러기에는 상황이 그리 여유롭지 않았다.

그랬기에 대충 상황을 얼버무렸고, 추후에 사건들을 정리한 뒤 보다 자세히 말해 주겠다며 이야기를 끝내 둔 상태였다.

그렇게 긴 식사 시간이 끝나고 각자의 방에서 휴식을 취하고 있을 무렵.

"들어가도 될까요?"

들려오는 백아린의 목소리에 침상에 누워 있던 천무진이 몸을 일으켜 세우며 답했다.

"들어와."

허락이 떨어지기 무섭게 문을 열고 들어선 백아린이 곧바로 천무진을 향해 다가왔다.

그녀가 웃으며 말했다.

"역시 아직 안 자고 있었네요."

"막 자려던 참이야. 그런데 이 늦은 밤에 무슨 일이야?"

"별건 아니고…… 내일 회의가 있을 거예요."

"그런데?"

어차피 이건 적화신루의 문제였고, 단엽과 마찬가지로 천무진 또한 이 일에 개입할 생각이 없었다.

자체적인 회의를 통해 그 두 사람에 대한 처벌을 결정할 것이고 그게 어떤 식으로 흘러갈지는 적화신루에서 정할 문제였다.

천무진의 질문에 백아린이 조심스레 입을 열었다.

"사실 그 회의에 당신도 참석해 줬으면 해서요."

"내가?"

천무진이 의아하다는 듯 되물었다.

사실 회의에 참석해 주는 것 정도야 어려운 일도 아니었다. 아니, 설령 아무리 힘든 일이라고 한들 다른 이도 아닌 백아린의 부탁이라면 들어줄 생각이 있는 천무진이다.

다만 적화신루의 회의에 참석해 달라는 제안은 너무도 뜻밖인지라 이해가 가지 않는 것뿐이었다.

그런 천무진을 향해 백아린이 고개를 끄덕이며 답했다.

"네, 꼭요."

"당신 부탁인데 그러지. 그런데 내가 참석해야 할 이유라도 있는 건가?"

물어 오는 천무진을 향한 백아린의 시선은 다소 복잡했다. 허나 지금으로선 그 질문에 답해 줄 수가 없었다.

그 질문에 대한 답은 내일 있을 회의 자리에서만 할 수 있었으니까.

백아린이 천천히 입을 열었다.

"……보여 줄 게 있어서요."

*   *   *

적화신루의 회의를 위해 준비된 장소.

그곳은 그리 크지는 않았다. 하지만 평소의 회의와는 달리 극소수의 인원만이 참석하는 자리, 이 정도 공간으로 충분했다.

그런 회의장으로 초췌한 몰골의 두 명이 다가오고 있었다.

바로 이총관 황균과 육총관 어교연이었다.

두 사람은 줄에 묶인 채로 일총관 진자양의 부총관 둘에게 끌려오고 있었다.

그렇게 도착한 회의장.

포승줄에 묶인 두 사람은 곧장 바닥에 무릎 꿇려졌다.

"크윽."

황균이 짧은 신음 소리를 토해 냈다.

얼마나 신나게 맞았는지 며칠의 시간이 지났음에도 불구하고 온몸의 뼈 마디마디가 쑤셨다. 허나 지금은 이런 고통이 문제가 아니었다.

고개를 치켜든 황균의 눈에 보인 건 다름 아닌 일총관 진자양이었다.

그가 무표정한 얼굴로 두 사람을 내려다보고 있었다.

그를 발견한 황균이 서둘러 입을 열었다.

"이, 일총관님! 억울합니다!"

외침과 함께 몸을 일으켜 세우려던 그를 뒤편에 있던 부총관인 주서호가 손으로 내리눌렀다. 그러고는 이내 짧게 경고했다.

"얌전히 있으십시오!"

내리누르는 힘에 다시금 무릎이 꿇려진 그가 어떻게든 이 위기를 빠져나가기 위해 진자양에게 재차 말을 걸었다.

"일총관님은 잘 아시지 않습니까. 제가 어찌 그런 끔찍한 일을……."

"그 입 닥쳐라."

변명을 해 대는 황균에게 돌아온 건 진자양의 싸늘한 한마디였다. 너무도 매몰찬 모습에 황균은 일순 꿀 먹은 벙어리처럼 입을 닫고야 말았다.

허나 옆에 있던 어교연은 이대로 있어선 안 된다 생각했는지 그를 대신해 입을 열었다.

"이건 누명이에요. 저희 둘은 미리 짜 놓은 누군가의 수법에 걸린 거예요. 저희를 풀어 주시면 한 달 내로 이 일의 범인이 누군지 반드시 밝혀낼게요. 그러니……."

"내 분명 닥치라 했을 터인데. 그리고 오늘 너희들의 운명을 결정짓는 건 내가 아니다."

"그, 그러면……?"

어교연이 더듬거릴 때였다.

진자양이 자신의 옆에 위치한 붉은 휘장을 바라보며 나지막이 말했다.

"이 붉은 휘장을 보면 모르겠느냐?"

"서, 설마!"

놀란 듯 어교연이 비명을 질렀다.

처음 등장했을 때부터 방에 커다란 붉은 휘장이 자리하고 있는 것이 의아하긴 했다. 그건 언제나 적화신루의 루주가 자신의 정체를 감추기 위해 마련해 둔 장치였으니까.

허나 그런 의문은 그리 길지 않았다.

지금은 목숨을 구걸해야 할 때고, 이곳은 적화신루의 거점 중 하나. 적화신루의 루주를 위한 장소가 있다 한들 이상할 것이 없었기 때문이다.

하지만 이제는 알았다.

오늘 이곳에서 자신들의 운명을 결정지을 그 인물이 다름 아닌 적화신루의 루주라는 것을.

언제나 최종 결정은 루주의 몫.

그랬기에 언젠가 루주를 만나게 될 거라는 건 알고 있었다. 그리고 실제로 한천 또한 굳이 만나고 싶어 하지 않아도 만나게 될 거라고 말하지 않았던가.

다만 그것이 지금일 거라고는 생각도 하지 못했던 것이다. 이곳 광동성까지 루주가 직접 걸음 할 줄은 몰랐기 때문이다.

자신 둘의 처벌을 위해 이곳까지 루주가 직접 온다는 사실을 알게 되어 놀란 황균과 어교연이 침묵하는 사이, 뒤편의 문을 통해 한천이 모습을 드러냈다.

한천이 진자양을 향해 가볍게 고개를 끄덕였고, 그것은 신호이기도 했다.

진자양이 곧바로 내부에 있는 부총관 둘에게 명령을 내렸다.

"부총관들은 나가 보게."

"알겠습니다, 총관님."

백아린 대신 휘장 너머에서 루주 역할을 연기하던 부총관인 주서호까지 물러난 상황에서 무릎이 꿇려 있는 두 사람 뒤로 한천이 다가갔다.

한천이 모습을 드러내자 두 사람 모두 움찔할 수밖에 없었다.

허나 한천은 양손으로 그들의 어깨 한쪽씩을 내리누르기만 할 뿐이었다.

그가 웃으며 말했다.

"얌전히들 계시죠. 가뜩이나 루주님의 심기가 그리 좋지 않으실 텐데 말입니다."

"너……."

어교연이 눈을 위쪽으로 치켜뜬 채 나지막이 중얼거렸다. 분하다는 듯한 그 눈빛에 한천은 웃음으로 화답했다.

바로 그때였다.

붉은 휘장 너머에서 검은 그림자가 일렁거리기 시작했다. 그리고 그것은 곧…… 루주가 이곳에 나타났다는 의미기도 했다.

진자양이 곧바로 붉은 휘장이 있는 방향을 향해 무릎을 꿇으며 예를 갖췄다.

"루주님을 뵙습니다!"

뒤이어 두 사람의 어깨를 누르고 있던 한천 또한 무릎을 꿇으며 마찬가지로 입을 열었다.

"루주님을 뵙습니다."

그렇게 두 사람이 순차적으로 예를 갖추자 무릎이 꿇려 있는 황균과 어교연 또한 덩달아 그대로 머리를 바닥에 가져다 댔다.

그 둘의 몸이 사시나무 떨듯 떨리기 시작했다.

적화신루의 루주.

그가 적화신루 내에서 가지는 힘은 너무도 거대했다. 자신들의 운명을 말 한마디로 바꿀 수 있는 상대, 그런 자가 지금 모습을 드러낸 것이다.

움직이던 그림자가 이내 의자에 착석하고는 짧게 말했다.

"일어나지."

그 말에 한천과 진자양이 곧바로 몸을 세웠다.

뒤이어 황균과 어교연 또한 엉거주춤 몸을 일으켜 세우려 하는 찰나.

"그대들에겐 일어날 자격이 없다."

루주의 그 한마디에 두 사람은 놀란 듯 다시 무릎을 꿇었다. 황균이 서둘러 말했다.

"소, 송구합니다."

긴장한 기색이 역력한 목소리로 사죄의 뜻을 내비치는 그에게 루주는 아무런 답도 하지 않았다.

잠시 후 루주가 말했다.

"오늘 이렇게 모인 건 두 사람에 대한 처벌을 내리기 위함이다. 이미 보고를 받았고, 그대들이 벌인 일에 대해서도 알게 됐다."

"……"

루주의 말에 두 사람은 그저 조용히 말을 듣고만 있었다. 그리고 이내 루주가 말을 이었다.

"그리고 난 적화신루의 규율에 따라 이 일에 대한 처벌을 내릴 생각이다. 할 말이 있는가?"

규율에 따른다는 말에 황균과 어교연의 눈동자가 커졌다. 자신의 사사로운 이익을 위해 동료들을 배신하는 자에게 내리는 벌은 언제나 하나였다.

죽음.

황균이 서둘러 소리쳤다.

"어, 억울합니다, 루주님! 저희 둘을 시기하는 누군가가 이 같은 일을 꾸며 낸 것이 분명합니다!"

"그렇다고 보기엔 이 일이 너무도 정교해. 일개 적화신루의 구성원이 할 수 있는 일로 보이지 않는군. 그대들 정도 되는 직급을 지닌 자나 가능한 일이야."

루주가 딱 잘라 말했다.

말대로 정보를 원하는 방향대로 조작하고 흘려보냈다. 일개 지부장 정도로는 감당할 수 없는 문제였다.

루주의 그 말이 떨어지자 눈을 굴리고 있던 어교연이 서둘러 소리쳤다.

"이, 있어요! 의심스러운 자가 한 명 있다고요!"

"……의심스러운 자가 있다?"

"네, 그건 바로……."

잠시 눈치를 살피던 어교연은 결국 생각을 확실히 정리하고는 곧바로 말을 이었다.

"백아린이에요."

"사총관? 이번 일의 피해자인 사총관이 의심스럽다고?"

"네, 맞아요. 사실 저희 두 사람은 갑자기 이런 일이 닥쳐 정신을 차릴 수 없었어요. 그래서 제대로 해명할 수 없었고요. 하지만 저와 이총관께서는 절대 그런 일을 벌이지 않았어요. 그런데도 불구하고 이런 일이 벌어졌으니 다른 가능성을 의심해 봐야 하지 않을까요?"

"……설마 백아린 본인이 스스로 일을 벌여 놓고 그대들에게 죄를 뒤집어씌운다고 말하고 싶은 건가?"

"그렇습니다, 루주님. 당장의 모든 증거들이 저희 두 사람에게 향하고 있지만, 저희는 억울해요."

부총관들에게 죄를 뒤집어씌우려 했었던 어교연이다. 하지만 상황이 이렇게 되자 그녀는 머리를 굴렸고, 결국 이런 결론에 도달했다.

바로 백아린의 자작극으로 만드는 것이었다.

물론 성공할 확률은 그리 높지 않았지만, 당장엔 목숨을 구하고, 시간을 버는 것이 중요했다.

혹여 루주에게 조금의 의문이라도 만들어 낼 수 있다면 이곳에서 나가는 것 정도는 가능해질 테고, 그렇다면 그 이후에 황균과 손을 잡고 어떻게든 증거를 만들어 낼 생각이었다.

어교연의 말에 잠시 침묵하던 붉은 휘장 너머의 루주가 이내 입을 열었다.

"……가능성이 아예 없는 이야기는 아니군."

그 한마디에 황균과 어교연의 얼굴에 밝은 기색이 확 하고 드러났다.

루주가 자신들의 말을 듣고 의심해 준다면 가능성은 있었으니까. 두 사람에게 희망이 피어나는 그 순간 휘장 안쪽에서 루주의 목소리가 다시 흘러나왔다.

"허나 그 전에 그대들이 알아야 할 게 하나 있겠군."

그 말을 끝으로 의자에 자리하고 있던 그림자가 움직였다.

스으윽.

언제나 견고하게 닫혀 있던 붉은 휘장이 흔들거렸다. 갑작스러운 상황에 휘장 옆에 자리하고 있던 진자양조차 당황할 수밖에 없었다.

이 붉은 휘장은 언제나 루주의 정체를 굳건히 감추어 주는 장치였다.

그런데 그 붉은 휘장이 흔들리며 옆으로 조금씩 밀려 나가고 있었다.

천천히 걷히기 시작하는 붉은 휘장.

그리고 그 열린 틈을 통해 걸어 나오는 한 명의 여인.

정면에서 억울하다며 호소하던 황균과 어교연의 눈동자가 커질 대로 커졌다. 너무도 놀랐는지 입을 벌리고 있다는 사실도 모른 채로 두 사람이 붉은 휘장 안쪽에서 걸어 나온 백아린을 바라보고 있었다.

그런 두 사람을 내려다보며 백아린이 입을 열었다.

"사총관을 범인으로 만들기에 앞서 이 안에 누가 있었는 지를 알았어야지."

담담하게 말을 내뱉는 백아린을 향해 어교연이 믿기지 않는다는 듯 더듬거렸다.

"배, 백아린 네가 왜 거기서……."

이해가 안 된다는 듯 물어 오는 그녀를 향해 백아린이 답했다.

"아직도 모르겠어? 왜 내가 저기서 나왔는지를?"

"너……."

백아린의 말에 어교연은 뭔가 떠오르는 것이 있었다. 허나 그녀는 믿고 싶지 않았다.

그건 너무도 최악이었으니까.

바로 그때 다가온 백아린이 손이 그녀의 턱을 움켜잡았다.

고개를 치켜들게 한 백아린이 시선을 맞춘 채로 놀란 듯 덜덜 떨고 있는 어교연을 향해 천천히 말했다.

"너가 아니지. 루주에게 그따위 말투가 허락될 거라 생각해?"

사형 선고와 다름없는 그 말에 어교연은 더는 버틸 수 없었다.

그녀는 곧바로 몸을 뒤로 바짝 당기며 고개를 땅에 처박았다.

쿠웅!

머리를 박은 어교연이 다급히 소리쳤다.

"루, 루주님을 뵙습니다!"

머리를 박은 그녀는 덜덜 떨었다.

이건 정말 상상조차 해 본 적이 없는 일이었다. 항상 자신이 적대감을 드러내고, 언젠가는 밀어내려 작당하던 상대가 적화신루의 루주일 거라고는 꿈에서조차 생각하지 못했으니까.

천천히 옆으로 걸음을 옮기기 시작한 백아린이 입을 열었다.

"오랜 시간 정체를 감춰 왔어. 적화신루의 사총관으로 신루를 위해 일해 왔지. 그리고 그건 앞으로도 그럴 생각이야."

말을 하던 그녀가 갑자기 발을 멈췄다.

그러고는 이내 엎드린 채로 떨고 있는 황균과 어교연을 향해 말을 이었다.

"모두에게 정체를 감추고 살아온 내가 왜 두 사람에게 모습을 보였다 생각해?"

적화신루의 루주로서 다른 이를 전면에 내세우고 자신은 그림자처럼 살아왔다. 그런 그녀가 이렇게 두 사람 앞에 모습을 드러냈다.

소문이 날 위험이 있을 터인데도 불구하고 이 같은 결정을 내렸다는 것이 뜻하는 의미는 하나였다.

대답조차 하지 못하는 둘을 향해 백아린이 말했다.

"오늘 이 자리에서…… 두 사람은 죽을 테니까."

"요, 용서해 주십시오, 루주님!"

황균이 다급히 소리쳤다.

일총관의 자리를 노릴 거라 생각했던 여인 백아린. 그런데 그녀가…… 적화신루의 루주였다니.

이건 애초부터 말이 안 되는 싸움이었다.

적화신루의 루주가 일총관 자리를 탐할 리가 없으니까.

허나 그는 백아린의 정체를 몰랐고, 그랬기에 해선 안 될 싸움을 벌였다.

그리고 그 결과가 이것이었다.

용서를 구하는 그들을 향해 백아린이 말했다.

"어지간한 잘못이라면 나도 못 본 척 넘어가 줬을 거야. 사총관인 나에 대한 모욕도, 헛소문도 모르는 척 봐줬던 여태까지처럼."

적화신루를 위해서는 그런 것 모두를 참을 수 있었고, 또 그래 왔다.

허나 이번 경우는 달랐다.

"하지만 그대들은 해선 안 될 짓을 벌였어. 그 어떠한 욕심이 있었다 해도 동료를 팔아선 안 됐어. 그건…… 용서받을 수 없는 일이지."

지금 용서를 한다면 훗날 더 큰 재앙을 몰고 올 것이다. 동료를 판 적이 이들은 결국 또 한 번 적화신루를 위험에 빠지게 만들 테니까.

하물며 이들은 백아린과 한천을 궁지로 몰아넣은 가짜 정보를 흘린 이후에도 해선 안 될 짓을 벌였다.

모든 죄를 오랫동안 함께해 온 부총관들에게 떠넘기려 했고, 지금만 해도 또다시 백아린이 범인이라 떠들어 댔다.

뉘우치거나 반성하는 일말의 기미조차 보이지 않는 자들.

잘못을 더 큰 잘못으로 덮으려는 이들을 봐줬다가는 그들이 어떠한 결과를 만들어 낼지 백아린은 너무도 잘 알고 있었다.

진자양을 향해 백아린이 입을 열었다.

"일총관."

"예, 하명하시지요, 루주님."

"적화신루의 규율대로."

"옙."

명령이 떨어지자 진자양이 빠르게 두 사람의 뒤로 다가갔다. 한천은 자신의 앞에 있는 어교연의 목덜미를 움켜잡았고, 진자양이 나머지 한 사람인 황균을 일으켜 세웠다.

그렇게 한천과 진자양이 두 사람을 끌고 바깥으로 나갔고, 끌려 나가는 와중에서도 황균과 어교연은 재차 소리를 질러 댔다.

"루, 루주님 용서를!"

"제발……!"

그렇게 두 사람이 한천과 진자양의 손에 끌려 사라졌을 그때.

백아린이 천천히 한 곳을 향해 고개를 돌렸다.

그곳은 기둥에 가려져 보이지 않는 곳이었다.

그녀가 그쪽을 향해 말했다.

"끝났어요. 이제 나와도 돼요."

백아린의 그 한마디에 어둠 속에 몸을 감추고 있던 누군가가 천천히 걸어 나왔다.

그는 바로…….

"……당신이 루주였군."

천무진이었다.

6장. 믿음
— 믿어

　백아린이 적화신루 루주로서 자신의 정체를 드러내는 그 순간.

　천무진은 처음부터 그곳에 있었다.

　처음엔 적화신루의 회의에 동석해 달라는 그녀의 부탁을 이해하지 못했다. 허나 왜 백아린이 그러한 부탁을 했는지 이제는 알고 있다.

　그녀는 보여 주려 한 것이다.

　자신이 누구인지를.

　그렇게 오랫동안 감춰 온 비밀을 벗어던진 백아린이 천무진과 마주하고 있었다.

백아린이 입을 열었다.

"별로 안 놀라신 모양이네요."

"······아니, 꽤나 놀란 상태야."

말 그대로 티가 안 났을 뿐이지 천무진은 무척이나 놀랐다.

하지만 한편으로는 쉽게 납득이 가기도 했다. 백아린 정도의 무인이 일개 총관이라는 것 자체가 오히려 더 말도 안되는 일이었기 때문이다.

우내이십일성 수준의 무인.

거기다 그 뛰어난 기억력과 판단력은 독보적이다.

능력만으로 놓고 본다면 적화신루가 아닌 무림맹의 맹주라 할지라도 부족함이 없는 인물이다.

천무진은 잠시 침묵했다.

단 한 번도 생각해 본 적 없는 상황이 닥치자 무슨 말을 해야 할지 선뜻 입이 떨어지지 않아서다.

복잡한 속내.

하지만 그 감정들을 표현하기에 앞서 하나 묻고 싶은 것이 있었다.

천무진이 천천히 입을 열었다.

"그동안 감추고 있었으면서 왜 나에게 이런 진실을 밝히는 거지?"

궁금한 건 그것이었다.

여태까지 꽁꽁 감춰 온 비밀이었다. 그러한 비밀을 이제 와서 스스로 밝히는 연유가 알고 싶었다.

천무진의 질문에 백아린이 답했다.

"사실 처음엔 말하지 않아도 될 일이라고 생각했어요. 말한다고 해서 달라질 것도 없고, 모른다고 해도 문제될 게 없다 생각했으니까. 그리고 제가 루주라는 사실은 신루에서도 단 세 명만이 알고 있을 정도로 기밀이고요. 외부인인 당신에게 밝혀서는 안 되는 부분이었어요."

백아린의 말에 천무진은 고개를 끄덕였다.

그녀의 말이 맞았으니까. 적화신루 루주의 정체는 알려져선 안 될 비밀이었고, 그것을 천무진에게 밝힐 이유는 없었다.

"그건 이해해. 그런데 이제 와서 생각의 변화가 생긴 이유는 뭐지?"

"……무서워졌으니까요."

"무서워지다니? 그게 무슨……."

"상관없을 거라 생각하며 한 이 하나의 거짓말이 나에 대한 당신의 믿음을 무너트릴까 봐요."

백아린의 그 한마디에 천무진은 놀란 듯 눈을 치켜떴다. 그리고 그때 시선을 마주하고 있던 그녀의 목소리가 천천히 이어졌다.

"그리고 그게…… 당신을 상처 입힐까 봐요."

백아린의 말이 끝났거늘 천무진은 아무런 대답도 하지 못했다.

아까보다 더욱 길어진 침묵.

그건 그녀의 대답이 자신이 예상했던 그 어떠한 것과도 달랐기 때문이다.

적화신루의 가장 큰 비밀임에도 불구하고 자신이 상처 입을까 봐 모든 걸 밝혔다는 백아린의 말에 천무진의 복잡했던 속내는 거짓말처럼 평온해졌다.

분명 백아린은 오랜 시간 정체를 숨긴 채로 옆에 있어 왔다.

평소의 천무진은 누군가에게 속는다는 걸 극도로 싫어했다. 과거의 삶에서 겪었던 경험으로 인해 더욱더 예민한 부분일 수밖에 없었다.

그런데 신기했다.

오랫동안 속아 온 상황을 알게 되었으니 불쾌감이 먼저 치밀어 올라야 할 터.

헌데 오히려 반대였다.

아무런 화도 나지 않았다.

오히려 이 같은 비밀을 말해 주는 이유가 자신이 상처 입는 것이 두려워서라는 그녀의 말에 천무진은 오랜 시간 외부와 쌓아 놓은 커다란 담장이 조금씩 깨어져 가는 느낌이 들었다.

마음의 벽에 생겨난 균열, 그리고 그 틈으로 비집고 들어오는 그녀의 마음까지.

그때 백아린이 조심스레 입을 열었다.

"제가 속여서 화 많이 났죠? 미안……."

"사과하지 마. 아무것도 잘못하지 않았으니까."

"하지만……."

"당신이 사과할 일 아니야. 당연한 거야. 처음 만난 나에게 당신의 진짜 정체를 드러낼 수 없는 건. 처음엔 나도 당신을 믿지 않았잖아. 말하지 않은 것도 있었고."

천무진은 백아린의 모든 걸 이해했다.

머리만이 아닌 마음으로도.

천무진이 그럴 수 있었던 건 이제는 백아린이라는 여인에 대해 너무도 잘 알기 때문이다. 그녀의 거짓말에 악의가 없었다는 걸 확신하기에.

그리고 어쩔 수 없는 거짓말이었음에도 불구하고 이같이 자신을 먼저 생각해 주는 마음을 마주했으니.

화를 내기는커녕 오히려 괜찮다고 다독여 주는 천무진의 모습에 백아린이 놀란 듯 그를 바라보고만 있을 때였다.

주변을 스윽 둘러보던 천무진이 짧게 말했다.

"적화신루의 일로 마무리 지어야 할 일이 좀 남아 있는 것 같으니 난 이만 물러나지. 이따가 보자고."

백아린이 보여 주고자 한 걸 보았으니 더는 이곳에 있을 이유가 없었다.

천무진이 막 몸을 돌려 걸어 나가려 할 때였다.

멍하니 서 있던 백아린이 다급히 그에게로 향하며 소리 쳤다.

"저기요!"

"왜?"

"하나만 물어도 돼요?"

"뭔데 그래?"

천무진이 심각한 표정으로 질문을 던지는 백아린에게 시 선을 줬을 때였다.

그녀가 물었다.

"아직도 절…… 믿어요?"

예상외의 질문에 멈칫했던 천무진이다.

아마도 오랫동안 속여 온 행동으로 인해 자신을 믿지 않 게 되는 건 아닐까 염려가 되는 모양이었다.

걱정스러워 보이는 백아린의 모습에 천무진은 고개를 돌 려 똑바로 그녀와 마주했다.

그녀와 함께했던 시간들이 머릿속을 빠르게 스쳐 지나간
다.

그리고 그 모든 것들을 떠올렸던 천무진이 천천히 고개
를 끄덕였다.

"응. 믿어."

그 한마디에 다소 굳어 있던 백아린의 입가에 미소가 맺
혔다.

*　　　*　　　*

백아린과의 만남을 끝낸 천무진은 자신의 거처로 가서
혼자만의 시간을 보내고 있었다.

가부좌를 튼 채로 운기조식을 하고 있는 천무진의 몸 안
으로 많은 양의 내공들이 파도처럼 흔들렸다. 그렇게 움직
이기 시작한 내공들은 천무진의 몸 안 곳곳을 확인하고 있
었다.

지금 천무진이 몸 내부를 살피는 이유는 다름 아닌 얼마
전 죽은 적련화를 통해 얻게 된 의문인 자모충 때문이었다.

적련화에게 조종을 당한 경험을 통해 천무진은 자신의
몸 안에 자모충이 있는 게 아닐까 하는 의심을 가지게 됐
다.

그리고 그 이후부터 시간이 날 때마다 내공을 움직여 몸 안의 이상한 부분을 찾기에 몰두했다.

하지만 십수 년이 넘는 긴 시간 동안 해 왔던 운기조식이다. 그동안 아무런 것도 이상한 점을 느끼지 못했거늘 이렇게 찾는다고 해서 의심스러운 정황을 잡아내기란 실로 요원한 일이었다.

운기조식을 끝낸 천무진은 가볍게 이마를 타고 흐르는 땀을 닦아 냈다.

전신의 모든 기운들을 집중해 움직인 탓에 심력의 소모도 상당했다. 하지만 운기조식을 한 덕분에 몸은 한결 가벼웠다.

침상에 누운 그가 천장을 올려다본 채로 상념에 잠겼다.

'자모충이라.'

지금 의심하고 있는 것처럼 정말 자모충이라는 벌레가 자신의 몸 안에 존재하는 걸까? 만약 그렇다면 그 벌레가 어떠한 일을 벌이고 있는지도 의문이었다.

천무진은 자리에 누운 채로 가만히 스스로의 손가락을 어루만졌다.

아직까지도 적련화의 시신을 확인했던 감촉이 손가락 끝에 남아 있는 듯했다.

당시의 시신은 마치 뭔가가 뜯어먹은 듯한 흔적들이 가

득했다. 그 또한 자모충의 짓이라고 생각했고, 여러 가지 의심들도 하고 있는 상황.

하지만…….

'젠장.'

머리만 복잡해지는지 천무진은 침상에서 벌떡 몸을 일으켜 세우고는 그대로 자신의 머리카락을 헝클어트렸다.

십천야에게 제법 많은 타격을 입혀 왔다.

그들 중 일부를 죽이기도 했고, 꽤나 긴 시간 동안 공들여 준비한 계획들을 망치기도 했다.

거기다 몇 가지 비밀들도 알게 됐다. 하지만 그럼에도 불구하고 아직까지 모든 것이 안개에 휩싸여 있는 듯한 느낌이었다.

대체 언제면 그들의 모든 걸 알 수 있을까?

과거의 삶에서 자신을 조종했던 적련화가 죽었다.

하지만 그렇다고 해서 안심해서는 안 된다.

자신을 조종할 수 있는 게 그녀뿐일 거라고는 장담할 수 없었으니까.

어쩌면 그들은 제이의 적련화, 제삼의 적련화를 만들어서 나타날 수 있었다.

그리고 그런 상황에 대비하기 위해서는 정체 모를 상태에 빠지는 이유를 명확히 알아야 했다.

마음은 조급했지만, 지금으로선 시간을 두고 해결하는 것밖에 방도가 없었다.

의선과 마의가 움직이고 있는 지금 천무진은 자신이 할 일을 명확히 알고 있었다. 마교에 뿌리 내리고 있는 십천야의 세력들. 그들의 정체를 알아내고, 또 마교 소교주와 함께 그것들을 뿌리 뽑아야 했다.

생각을 이어 나가던 천무진의 시선이 옆으로 향했다.

다가오는 기척을 느꼈기 때문이다.

그리고 멀지 않아 입구에서 단엽의 목소리가 들려왔다.

"주인, 들어간다?"

말과 함께 문이 벌컥 열렸다. 그런 모습에 천무진이 침상에서 일어나며 퉁명스레 말했다.

"대답도 하기 전에 들어올 거면서 물어보는 저의는 뭐야?"

"아무리 그래도 내가 명색이 부하인데 예의는 갖춰야지."

히죽 웃으며 말하는 단엽을 향해 천무진이 못 말리겠다는 듯 고개를 저었다. 그러고는 앉으라며 의자 쪽을 가리켰다.

곧장 의자에 가서 착석한 단엽을 향해 천무진이 입을 열었다.

"그나저나 무슨 일이야?"

"아, 뭐 별건 아니고."

대답을 하던 단엽이 볼을 긁적이더니, 천천히 말을 이었다.

"며칠 자리 좀 비워야 할 것 같은데."

"며칠이나."

"음, 정확하게는 모르겠는데 한 보름? 거리상으로 보면 좀 더 걸리려나?"

"또 사고 치려고?"

사고라는 말에 단엽이 움찔했다.

일전에 우내이십일성의 하나인 나환위와 싸움을 벌인 일을 언급하고 있다는 걸 잘 알기 때문이다.

허나 단엽은 곧장 발끈하고 나섰다.

"아니거든!"

"그럼 뭔데?"

"……갑자기 대홍련 쪽에서 연락이 와서 말이야."

"왜? 대홍련에 무슨 일이라도 있는 건가?"

"그건 아닌 거 같은데 아직까지는 정확히 잘 모르겠어. 사실 련주님이 갑자기 만나자고 연락을 취한 거라."

"설마 사고 쳤어?"

"아니 누굴 사고뭉치로 보나."

단엽이 억울하다는 듯 중얼거렸다.

대홍련의 부련주로서 단엽은 꽤나 긴 시간 세력에서 벗어나 있었다. 그렇지만 그럼에도 불구하고 그는 특별한 제지를 받지 않았다.

천룡성을 돕고 있기 때문이기도 했지만, 결정적으로 단엽이 뭔가에 구속받지 않는 인물이었던 이유가 컸다.

원래부터 하고 싶은 대로 하고 다녔고, 부련주라는 직함 자체가 이름뿐인 자리였던지라 딱히 뭔가 책임지고 해야 할 일도 없었다.

오히려 단엽이 곳곳에서 날뛰며 위명까지 올리고 있는 상황, 덕분에 대홍련의 위세 또한 저절로 올라가고 있어 제 몫은 하는 거나 마찬가지였다.

그러던 와중 갑작스레 날아든 연락.

주기적으로 연락을 취해 왔으니 연락 자체는 특별한 일이 아니었다. 다만 이번엔 련주에게서 직접적으로 연락이 온 상황이었다.

이런 일은 무척이나 드물었기에 단엽으로서도 왜 연락이 왔는지 감조차 잡지 못하고 있었다.

사고 친 거 아니냐고 장난스럽게 말하던 천무진이 이내 물었다.

"그래서 련주를 만나고 오려고?"

"응, 먼저 이런 식으로 만나자고 연락하는 사람이 아니거든. 급히 연락을 해 온 걸 보면 뭔가 이유가 있을 것 같으니 직접 만나서 확인해 보려고."

"한창 바쁘기 시작할 텐데 교묘하게 빠져나가는군."

불만스러운 듯 투덜거리는 천무진의 말투에 단엽이 얼굴을 밝히며 좋아했다.

"오호, 그래? 그거참 좋은 소식이군."

"좋아하진 마. 돌아오면 몇 곱절로 굴릴 생각이니까."

"쳇, 하여튼 성격 하고는."

불만스레 중얼거리던 단엽이 자리에서 일어났다. 그러고는 아직까지 침상에 걸터앉아 있는 천무진에게 말을 이어 나갔다.

"어쨌든 보고했으니까 서둘러 다녀올게."

"언제 가려고?"

"사실 며칠 전에 떠났어야 하는데 주인한테 일이 생겼을지도 모른다고 해서 좀 미뤄 놓은 거거든. 급하게 움직여야 할 것 같아서 한천 그놈 얼굴만 보고 바로 가려고."

한천과 함께 적화신루의 배신자들을 처단하기 전에 이미 련주의 뜻을 전달받았던 단엽이다. 허나 그때는 뭔가 일이 벌어졌을지도 모르는 상황이었기에 최대한 약속을 뒤로 미뤄 뒀던 그다.

그렇게 모든 일이 해결되자 지금 서둘러 다녀오기로 결정을 내린 것이다.

한천의 얼굴을 보고 간다는 단엽의 말에 천무진이 피식 웃으며 말했다.

"부총관하고 너무 친해진 거 아냐?"

"뭐…… 그 녀석 매력 있잖아? 그럼 나중에 보자고, 주인."

예상외의 솔직한 반응을 끝으로 단엽이 방을 걸어 나갔다. 그렇게 사라지는 그의 뒷모습을 바라보며 천무진이 의외라는 듯 중얼거렸다.

"아니라고 학을 뗄 줄 알았는데."

*   *   *

천무진이 한참 적화신루의 일로 시간을 보내고 있는 그때.

십천야의 본거지는 날아든 하나의 연락으로 인해 들끓고 있었다. 원래대로라면 지금쯤 그들의 손에 들어왔어야 하는 건 천무진을 잡았다는 내용이었다.

그런데…….

돌아온 건 적련화의 실종 소식이었다.

이 믿을 수 없는 사실을 전달받은 십천야의 수장인 그의 심기는 무척이나 불편했다.

현재 그의 거처에 함께 자리하고 있는 건 두 명이었다.

적련화가 사라졌다는 소식을 가지고 온 매유검과 최근 이곳 거점에서 지내며 자잘한 일들을 매듭짓고 있던 주란이었다.

휘장 속의 어르신이 떨떠름한 목소리로 방금 전 들은 소식에 대해 되물었다.

"……적련화가 잡혀갔다고?"

"예, 어르신."

대답을 하는 매유검의 목소리가 떨려 왔다.

긴 장포를 눌러 쓴 그는 이번 적련화의 일에 무척이나 분노한 상태였다. 오랜 시간 지옥과도 같은 곳에 있다 적련화와 함께 막 세상에 모습을 드러낸 매유검이다.

이번에 적련화가 천무진을 데리고 오면, 그 이후부터 그를 조종해 십천야 내에서 자신의 위치를 공고히 하는 계획을 세웠던 그다.

헌데 그 계획이 완전히 박살이 나 버렸다.

어디 그뿐이랴.

적련화까지 사라져 버렸으니 그 복수심 또한 클 수밖에 없었다.

매유검의 대답을 끝으로 내부는 고요했다.

세 명이 자리하고 있었지만, 누구도 입을 열지 않았다. 주란은 낮게 가라앉은 이 분위기에 숨조차 쉬기 어려웠다.

'하필이면 소식이 들어올 때 이 자리에 있다가……'

스스로를 탓하고 있는 그때 휘장 안쪽에서 나지막한 소리가 들려왔다.

"후우."

깊게 내쉬는 한숨 소리.

하지만 그것은 지금 그의 심정을 설명해 주는 것과도 같았다.

한숨이 내뱉어지고 다시금 조용해진 그곳에 갑자기 누군가의 발걸음 소리가 들려왔다. 멀리에서부터 한 명의 사내가 서둘러 달려오고 있었던 것이다.

그는 십천야의 한 명인 반조였다.

그가 들어오자마자 빠르게 바닥에 무릎을 꿇으며 예를 갖췄다.

"어르신을 뵙습니다."

반조의 인사에도 휘장 안쪽의 인물은 일언반구 대답조차 하지 않았다. 그저 침묵만으로 일관하던 그가 침묵을 깨며 질문을 던졌다.

"이해가 가지 않는군. 어떻게 실패할 수가 있는 거지?

천무진에게 우리가 준비한 패가 통하지 않은 건가?"

어르신의 질문에 매유검이 답했다.

"아닙니다. 천무진을 손에 넣었다는 보고도 전달받았고, 또 마지막까지 함께 움직였던 생존자의 보고를 들어 보면 배에 태워서 출항까지 했었다고 합니다."

"……그런데 도대체 왜!"

더는 참지 못하겠는지 최대한 화를 꾹꾹 내리누르던 그가 버럭 소리를 내질렀다.

오래전부터 준비해 온 계획이었다.

천무진을 조종하기 위해 십수 년이 넘게 적련화를 키워 왔고, 모든 준비가 끝이 났다. 거기다가 매유검의 말이 맞는다면 계획대로 천무진을 손에 넣는 것까지 성공했었단다.

그런데 대체 왜 천무진과 관련된 것이 아닌 적련화의 실종 소식이 돌아오게 되었단 말인가.

잔뜩 화가 난 그를 향해 매유검이 답했다.

"생존자의 보고에 따르면 천무진을 태우고 출항을 한 배가 막 항구를 벗어날 무렵 대검을 든 여인 하나가 나타나 모든 걸 망쳐 놨다고 합니다. 그 여자가 그곳에 있던 아군들을 모조리 쓸어 버렸다더군요."

대검을 든 여인이라는 말에 무릎을 꿇고 이야기를 듣고 있던 반조와 주란은 동시에 움찔했다.

굳이 조사를 하지 않아도 이야기의 주인공이 누구인지 이미 짐작이 가고 있었으니까.

그리고 그건 어르신 또한 마찬가지였다.

"……또 적화신루의 그 계집이로군."

매번 상황을 번거롭게 만들어 온 것이 사실이지만 이번 일은 생각보다 훨씬 더 큰 타격이었다.

천무진을 반드시 손에 넣어야 하는 상황에서 이를 막아 버린 탓이다.

그때 부복하고 있던 반조가 조심스레 입을 열었다.

"그렇다면 이미 적련화는 죽었겠군요."

"시간이 이리 지났으니 그리되었겠지."

어르신이 착잡한 목소리로 답했다.

죽음 소식이 들어온 게 아님에도 불구하고 이들은 마치 적련화가 죽은 걸 알고 있다는 듯 말하고 있었다.

그리고 그건 사실이었다.

이들은 이미 적련화가 죽었다는 사실을 알고 있었다. 그녀가 싸움에 패했고, 끌려갔다는 것만으로도 이미 생존 여부를 확인한 것이나 진배없었다.

그 이유는 바로 적련화의 몸 안에 살고 있는 하나의 벌레 때문이다.

천무진의 예상대로 적련화의 몸 안에는 하나의 벌레가

살고 있었다.

바로 자모충.

물론 그 벌레는 평범한 자모충이 아니었다.

그 특별한 자모충은 주기적으로 약을 복용하지 않으면 결국 몸 안의 장기부터 파먹기 시작한다. 약을 복용해야 할 시간이 한참은 지났으니…… 굳이 시신을 보지 않아도 이미 죽고도 남았다는 사실을 알 수밖에 없었다.

적련화의 죽음.

그것은 오랫동안 준비해 온 계획이 어그러졌음을 말하고 있었다.

깊어지는 고민, 그리고 길어지는 침묵.

이 각이 훌쩍 넘는 시간이 흘렀거늘 어르신은 아무런 말도 없었고, 나머지 세 사람은 계속해서 무릎을 꿇은 채로 명령을 기다려야만 했다.

결국 대답을 기다리던 반조가 조심스레 물었다.

"천무진에 대해 어떻게 하실 생각이십니까?"

자모충과 섭혼술을 이용해 천무진을 손에 넣으려 했던 계획이 실패했다.

또 다시금 비슷한 수를 쓸 수는 있었지만, 문제는 지금으로선 적련화처럼 능수능란하게 천무진을 조종할 수 있는 인물이 없다는 거다.

애초에 적련화는 십수 년이 넘는 시간 동안 천무진 하나를 조종하는 데 목적을 두고 키워진 자였다.

그만한 노력이 필요한 일이거늘 쉽게 다른 이로 대체할 수 있을 리가 없었다.

하지만 그렇다고 해서 이대로 천무진을 두 손 놓고 보고 있는 것도 어려운 일이다.

지금 그가 벌이고 있는 일들이 점점 십천야의 목을 옥죄어 오고 있었으니까. 더욱 깊게 파고들기 전에 어떻게든 자신들도 움직여야만 했다.

어떻게 할 거냐는 반조의 질문에 잠시 아무런 대답도 하지 못할 정도로 어르신이라는 존재의 머릿속은 복잡했다.

방법이 없는 건 아니었지만 결정을 내려 버리면 그로 인해 모든 것들이 변하게 될 테니까.

결국 입을 연 그가 어렵사리 답했다.

"……생각을 할 시간이 필요하다."

바로 이 자리에서 답을 내릴 정도로 간단한 일이 아니었다.

휘장 속에서 몸을 일으킨 그가 가볍게 손을 저으며 말을 이었다.

"혼자 있어야겠구나. 모두 나가 보거라."

어르신의 명령에 세 사람은 자리에서 일어났다.

동시에 포권을 취한 그들은 곧바로 몸을 돌려 어르신의 거처를 빠져나왔다. 그렇게 일정 거리를 벗어났을 무렵 침묵하고 있던 주란이 짧게 숨을 토해 냈다.

"하, 부담스러워 죽는 줄 알았네."

안에서 눈치를 보는 내내 혹여나 불똥이 튈까 염려했던 주란이다.

백아린이 활약을 할 때마다 주란은 계속 어르신의 눈치를 살펴야만 했다. 그녀를 죽이는 임무를 받았던 것이 주란이었기 때문이다.

물론 그때는 백아린의 실력을 제대로 알지 못했고, 그로 인해 어쩔 수 없는 실패를 하게 됐다. 허나 그렇다고 한들 눈치가 보이는 건 어쩔 수 없었다.

주란은 이미 천무진의 손에 죽은 귀문곡을 이끌었던 상무기를 떠올렸다.

'망할 새끼, 다 그놈의 엉터리 정보 때문이야.'

백아린이 그렇게 강할 줄 알았더라면 최소한 반조라도 데리고 함께 움직였을 게다. 그렇게 됐다면 지금 입었을 이 모든 피해들은 없었을 테고, 자신 또한 이렇게 주눅 들 이유가 없었다.

죽은 상무기에 대한 불만으로 가득 차 있던 그때였다.

쾅!

앞장서서 걸어가던 매유검이 갑작스럽게 옆에 장식되어 있던 커다란 바위를 주먹으로 내리쳤다. 순간 커다란 소리와 함께 수십 개의 균열이 생겨났고, 이윽고 슬며시 밀려오는 바람과 함께 바위는 천천히 가루가 되어 흩어졌다.

예상치 못한 매유검의 행동에 상념에 잠겨 있던 주란은 깜짝 놀랐고, 이내 짜증 난다는 듯 입을 열었다.

"아이씨, 왜 지랄이야. 사람 놀라게."

"⋯⋯지랄?"

말과 함께 매유검이 슬쩍 몸을 돌렸다. 긴 장포 속에서 빛나는 그의 눈동자를 보는 순간 주란은 움찔할 수밖에 없었다.

사실 같은 십천야라고 해도 매유검과 적련화는 주란에게 무척이나 껄끄러운 상대들이었다.

속내를 알 수 없는 이들.

허나 주란은 곧바로 당황한 표정을 감추며 당당하게 말했다.

"왜? 내가 못할 말 했어? 너만 짜증 나는 상황이 아니잖아?"

주란의 말에 매유검의 입꼬리가 비틀렸다.

그가 주란을 향해 성큼 걸음을 옮기며 입을 열었다.

"십천야라고 해서 너와 내가 같은 급이라고 생각하는 건 아니겠지?"

말과 함께 들어 올린 그의 손바닥 위로 나선 모양의 검환이 회전하기 시작했다.

부부우우웅!

낮은 울림, 허나 주변의 모든 것들이 빠르게 빨려 들어갔다. 주란은 움찔하면서도 이를 악물었다.

가뜩이나 요즘 들어 십천야 내에서 자신의 위치가 낮아지고 있다 느끼던 터다.

그런데 이렇게 대놓고 걸어오는 싸움마저도 피한다면 얼마나 우습게 보이겠는가.

자신의 상대가 아니라는 걸 알면서도 주란이 막 검을 뽑아 들려고 할 때였다.

스윽.

두 사람 사이로 반조가 걸어 들어왔다.

반조가 웃는 얼굴로 말했다.

"두 사람 다 그만하지."

반조의 등장에 애써 검에 손을 가져다 댔던 주란은 속으로 안도의 한숨을 내쉬었다. 솔직히 말해 싸우고 싶지 않았으니까.

자신의 실력으로 매유검을 이긴다는 건 불가능한 일이었다.

허나 반조가 이렇게 나서 준 덕분에 최소한의 자존심은 지키고 싸움을 멈추게 되었으니, 주란의 입장에서는 최고의 상황이 아닐 수 없었다.

주란이 안도의 한숨을 내쉬는 것과 달리 매유검은 표정을 구겼다.

"또 사람 짜증 나게 하는군, 반조."

"다른 곳도 아닌 이곳 어르신의 거처 앞에서 싸울 생각이냐? 뭐, 정 그러겠다면 말리지는 않겠는데 그 뒷감당은 할 수 있겠어?"

여유 가득한 반조의 말에 매유검은 움찔했다.

그러고는 이내 뿌드득 이를 갈며 들어 올렸던 손을 천천히 내렸다.

매유검이 반조의 등 뒤에 자리하고 있는 주란을 향해 짧게 말했다.

"운 좋은 줄 알아라, 주란."

"우, 웃기⋯⋯."

뭔가 말대답을 하려는 찰나 반조가 등 뒤로 가볍게 손을 움직이며 그런 주란의 행동을 저지시켰다. 그 손짓에 담긴 의미를 알기에 그녀는 힘겹게 내뱉던 말을 참아 냈다.

두 사람 사이에서 일어나려던 싸움을 멈추게 한 반조가 여전히 웃는 얼굴로 말했다.

"대체 언제까지 그렇게 주변에 시비를 걸고 다닐 거야? 우린 같은 편이라고."

"우리? 푸하하하!"

우리라는 말에 매유검이 갑자기 배를 움켜쥔 채로 웃음을 터트렸다.

못 참겠다는 듯 계속 웃고 있는 그를 바라보는 반조와 주란의 표정이 점점 굳어 갔다. 그리고 이내 웃음을 멈춘 매유검이 차가운 목소리로 말했다.

"난 한 번도 우리가 같은 편이라고 생각한 적 없었는데."

말을 마친 매유검이 반조를 향해 천천히 다가갔다.

지척까지 다가선 그가 반조와 시선을 맞춘 채로 다시금 입을 열었다.

"나와 적련화는 너희 같은 놈들과는 달랐어. 온실 속에서 자란 너희 화초 놈들이 뭘 안다고 우리라는 둥, 같은 편이라는 둥 지껄이는 것이냐. 너희는 너희, 그리고 우리는…… 우리다."

"……또 그 소리냐?"

매유검은 적련화를 제외한 다른 십천야와는 거의 담을 쌓고 지냈다. 자신들은 나머지 십천야들과 다르다는 생각이 강하게 박혀 있었기 때문이다.

반조와 시선을 맞춘 채로 매유검이 말했다.

"사실 난 왜 어르신께서 우리를 십천야라 부르시는지 모르겠다. 솔직히 말해 말이 십천야지 그중에 쓸 만한 놈은 절반도 안 되잖아?"

"어르신의 뜻이다. 네가 왈가왈부할 문제는 아닌 것 같은데."

통명스레 답하는 반조를 향해 매유검이 입을 열었다.

"사실 천무진 그놈한테 조금은 고마워하고 있어. 십천야의 이름을 부끄럽게 만드는 쓸모없는 몇 놈을 치워 줬으니 말이야."

"……어이."

"그래서 난 천무진이 조금 더 힘내 줬으면 좋겠는데. 십천야 중에 아직 쓸모없는 놈들이 몇 남아 있어서."

"매유검!"

멈추라는 듯한 반응에도 매유검이 말을 이어 나가자 반조가 결국 버럭 소리를 내질렀다.

그런 그를 향해 매유검이 어쩔 거냐는 듯 마주한 채로 살기를 쏘아 보냈다.

장포 사이에서 빛나는 살기 가득한 눈빛.

그 눈빛을 마주하는 것만으로도 뒤편에 있는 주란은 오금이 저렸거늘, 막상 그걸 정면으로 맞서고 있는 반조는 전혀 흔들림이 없어 보였다.

그렇게 서로를 노려보던 상황에서 먼저 살기를 거둔 건 매유검이었다.

그가 몸을 돌리며 말했다.

"운 좋은 줄 알라고. 그 쓸모 있는 몇 안 되는 놈들 중 하나가 너이기에 봐주는 거니까."

말을 끝낸 매유검은 그대로 자신이 갈 길을 향해 걸어 나갔다.

그렇게 걸음을 옮긴 매유검이 둘의 시야에서 사라졌을 무렵.

그가 사라진 방향을 바라보고 있던 주란이 떨떠름한 목소리로 말했다.

"저 미친 자식. 언젠가 사고 한 번 칠 거 같은데."

그런 그녀의 말에 반조가 걱정스레 입을 열었다.

"……그러게 말이다."

7장. 각자의 움직임
― 눈치하고는

　적화신루의 일을 매듭지은 세 사람은 곧장 거처로 잡고 있는 마교를 향해 움직였다. 대홍련의 련주를 만나기 위해 떠난 단엽을 제외한 셋은 며칠을 부지런히 달린 후에야 마교에 도착할 수 있었다.

　처음 움직일 때만 해도 짧게 며칠 정도만 자리를 비울 예정이었지만 생각지도 못한 일들이 벌어지며 여정이 꽤나 길어졌고, 그로 인해 귀환하는 데는 거의 한 달 가까운 시간이 걸렸다.

　긴 여정을 끝마치고 마교로 돌아왔지만, 그렇다고 해서 쉬고 있을 여유는 없었다.

새로 알게 된 사실들을 정리해야 했고, 거기다가 조사를 맡겨 놓았던 것들의 결과도 확인해야 했다. 그것들을 처리하기 위해 일행들은 도착한 지 얼마 되지 않아 의선과 마의가 머무르고 있는 거처를 향해 움직였다.

천무진이 잠시 쉬는 사이 적화신루 쪽의 정보를 확인하기 위해 움직였던 백아린은 대충 상황을 매듭짓고 다시 이동에 합류했다.

나란히 걸어가던 도중 천무진이 물었다.

"일은 대충 마무리된 건가?"

"네, 아직 총관들을 새로 뽑지는 못했지만 우선 정보망은 차질 없이 움직일 수 있도록 조치를 취해 놨어요."

총관들 중 둘이나 사라진 적화신루다.

당연히 곳곳에 문제가 생길 수밖에 없었고, 그걸 임시로 자리에 앉힌 이들이 처리하기로 결정을 내린 것이다.

한동안 이런 식으로 빈자리를 채우다 조만간 있을 회의를 통해 정식으로 새로운 총관 둘을 선임할 계획이었다.

천무진이 말했다.

"그나저나 비어 버린 자리 중 하나가 이총관인데 당신이 앉지 그래."

"별로요."

"왜?"

"지금보다 더 주목받을 거 아니에요."

웃으며 말하는 백아린의 말에 천무진은 고개를 끄덕였다.

가뜩이나 주목을 끄는 그녀다.

이총관의 자리에까지 오르면 지금보다 더욱 많은 이들의 시선이 몰릴 수밖에 없을 게다.

그녀를 바라보며 천무진이 의미심장한 말을 던졌다.

"허기야 당신한테 자리가 무슨 의미가 있겠어."

백아린이 적화신루 루주라는 사실을 알기에 던진 한마디에 그녀는 그저 웃음으로 답을 대신했다. 그리고 뒤편에서 빠르게 쫓아오던 한천은 말없이 그런 둘을 바라보고 있었다.

백아린이 천무진에게 자신의 정체를 드러낸 사실을 한천 또한 알고 있었다.

둘 사이가 무척이나 가까워졌다는 건 알았지만…….

'그래도 루주라는 걸 밝히실 줄은 몰랐는데 말이야.'

적화신루 루주라는 신분을 그토록 꽁꽁 감춰 오던 백아린이 아니었던가. 그랬던 그녀가 걸릴 위험이 있었던 게 아님에도 불구하고 스스로 상대에게 정체를 밝혔다.

그 사실에 대해 재차 생각하고 있는 그때였다.

"부총관, 뭘 그리 멍하니 있어?"

백아린의 말에 한천이 퍼뜩 정신을 차릴 때였다. 옆에 있는 천무진이 장난스럽게 말을 받았다.

"단엽이 없으니 부총관도 영 심심한 모양이군."

"아, 그런 거였어요? 허기야 단엽이 가고 난 다음부터 줄곧 기운이 없던데."

백아린이 맞장구치며 웃고 있자 한천 또한 평소의 유쾌한 얼굴로 받아쳤다.

"무슨 소립니까. 이렇게 쉬지도 못하고 소처럼 일하고 있는 바람에 힘들어 죽으려는 건데요? 하여튼 일벌레 같은 두 분 사이에 껴서 제가 뭔 고생인지 원. 단엽 이 자식도 문젭니다. 하필이면 이럴 때 튀어 가지고 저 혼자 다 떠안게 하고 말입니다."

"하여튼 죽는소리는. 오늘까지만 일하고 내일은 쉬게 해 준다고 했잖아."

"……그 말이 몇 번째인지 아십니까?"

백아린의 말에 한천이 기가 막힌다는 듯 물었다.

평소 한 것들이 있어서인지 백아린이 반박하지는 못하고 어색하게 웃다가 이내 옆에 있는 천무진의 옷깃을 잡아끌었다.

"빨리 가죠."

"그러지."

말과 함께 다시금 앞장서서 걸어 나가는 두 사람의 모습에 한천은 뒤에서 기가 막힌다는 듯 헛웃음을 흘렸다.

"허어, 이렇게 지독한 사람들을 보았나."

투덜거리는 한천의 시선이 천천히 백아린에게로 향했다. 나란히 걸어가며 서로를 바라보면서 웃고 있는 두 사람.

백아린의 미소 짓고 있는 얼굴을 바라보던 한천은 이내 자신도 모르게 마찬가지로 입가에 함박웃음을 머금었다.

그가 길게 기지개를 켰다.

그러고는 괜스레 걸음을 늦추며 앞장서서 걸어가는 두 사람을 향해 소리쳤다.

"하암, 피곤하니 조금 천천히 걸어가겠습니다. 두 분이 먼저 가시죠."

그런 그를 향해 고개를 휙 돌린 백아린이 말했다.

"농땡이 필 생각하지 말라고."

말을 끝내고 다시금 걸음을 옮기는 그녀의 뒷모습을 보며 한천은 어처구니없다는 듯 고개를 절레절레 저었다.

그가 나지막한 목소리로 중얼거렸다.

"하여튼 눈치하고는."

그렇게 세 사람이 도착한 의선과 마의가 머물고 있는 거처. 그런데 오늘 그곳엔 마의가 없었다.

뭔가를 연구하고 있던 의선이 찾아온 세 사람을 맞았다.

"오랜만에 뵙습니다."

"잘 지내셨습니까?"

의선의 인사에 천무진 또한 담담하게 답했다.

뭔가 큰 것을 알아낸 것이 있다면 어떻게든 적화신루를 통해 연락을 넣었을 거라는 건 알고 있다. 그러니 뭔가 크게 알아낸 건 없겠지만, 그래도 꽤나 긴 시간을 떨어져 있었던 탓에 묻고 싶은 것이 많았다.

천무진이 물었다.

"해독약의 진행 상황은 어떻습니까?"

큰 기대 없이 던진 질문.

그런데…….

"해독은 아직입니다. 다만…… 긍정적인 결과가 나오고 있다는 말씀 정도는 드릴 수 있을 것 같군요."

"그게 정말입니까?"

"예, 아직 확신을 할 수 있는 단계는 아니지만 분명 성과가 있습니다. 어쩌면 조만간 좋은 소식을 전해 드릴 수 있을 것 같군요."

가능성이 있는 듯한 의선의 말에 천무진의 표정이 한결 풀어졌다.

의선에게 의뢰한 몇 가지 사안들.

개중에 가장 큰 건 역시나 흑주염을 해독할 수 있는 약이었다. 그 해약이 완성된다면 마교 교주의 상태를 회복시킬 가능성 또한 존재했다.

천무진이 잘됐다는 듯 고개를 끄덕이며 말했다.

"실로 좋은 소식입니다. 그리고 이번 여정을 통해 제가 몇 가지 더 알아낸 것들이 있습니다."

"그게 뭡니까?"

물어 오는 의선을 향해 천무진은 이번 여정에서 겪었던 일에 대해 간략하게 설명했다. 명확하게 상황을 말해 주기는 어려웠기에 흑주염으로 보이는 가루에 당했는데, 평소와는 다르게 그 기운에 자신의 정신이 흐려졌다는 식으로 이야기를 풀어 나갔다.

그리고 일전에 이야기해 준 적 있었던 자모충에 대해서도 다시 한번 강조해 이야기했다.

"아무래도 자모충이 가지는 의미가 생각보다 큰 것 같습니다. 그것에 대해서도 조금 더 자세히 알아봐 주셨으면 합니다."

"예, 어차피 자모충에 대해서도 조사를 하고 있었던 터라 어렵지 않을 것 같습니다."

"그럼 부탁드리죠."

얼추 새로운 부탁까지 끝나 갈 무렵 천무진이 퍼뜩 생각
난 것에 대해 의선에게 물었다.

"아, 그런데 혹시 자모충이 사람을 잡아먹기도 합니까?"

"네? 그게 무슨……."

"자모충이 몸 안에 있는 걸로 추측되는 자를 만났는데
아무런 문제가 없다가 갑자기 시신으로 발견됐습니다. 아
주 끔찍한 상태로 죽어 있더군요. 장기는 조각조각 나 있었
고……."

천무진은 당시 자신이 봤던 적련화의 상태에 대해 설명
해 줬다. 그 끔찍했던 장면은 말로 설명하기 어려울 정도로
지독했었다.

옆에서 가만히 이야기를 듣고 있던 한천 또한 놀란 눈빛
이었다.

그곳에서 잡은 인물이 죽었다는 말은 들었지만, 그토록
끔찍한 최후를 맞이했다는 사실은 알지 못했기 때문이다.

모든 이야기가 끝이 나고, 의선은 손으로 턱을 괸 채 곰
곰이 생각에 잠겨 있었다.

잠시 상념에 빠져 있던 의선이 이내 말했다.

"그 말은 곧 몸 안에서 자모충이 그 숙주가 되는 자를 잡
아먹었다는 소리로군요."

"적어도 전 그렇게 파악하고 있습니다."

"아시겠지만 자모충에 대한 지식이 제겐 그리 많지 않습니다. 그래서 자모충이 있는 남만 외지 지역에 따로 알아봐 달라고 의뢰를 넣어 놓은 상황이라 정확한 건 그들에게서 연락을 받아 봐야 할 것 같습니다. 다만 제가 아는 선에서 자모충에게 그런 특성이 있다는 얘기는 들어 본 적이 없습니다."

"의선께서는 자모충의 소행이 아니라고 생각하시는 겁니까?"

"그렇게 확신하는 건 아닙니다. 다만 아닐 가능성 또한 있다는 것이지요. 그리고 혹시나 자모충이 몸 안에서부터 장기를 파먹으며 그자를 죽인 것이 맞다면…… 아마 보통 자모충은 아닐 거라는 생각이 드는군요."

의선의 말을 마저 들으며 천무진은 고개를 끄덕였다.

말대로 아직까지는 다 의심일 뿐, 확신을 할 만한 증거는 없었다.

대충 대화를 매듭짓자 천무진이 의선에게 인사를 건넸다.

"그럼 소식이 들어오는 대로 연락 주시죠. 저도 뭔가 있으면 또 찾아뵙겠습니다."

"알겠습니다, 그럼."

두 사람은 서로를 향해 포권을 취해 보였다.

그리고 이내 몸을 돌리고 나가는 이들 사이에서 한천이 슬쩍 의선과 시선을 마주쳤다.

모종의 거래를 했던 두 사람이다.

의선은 그날 이후부터 계속해서 한천에 대해 궁금해했다. 그 때문에 나름 손을 써서 그에 대해 알아보고 있었지만…… 한천은 그 어떠한 것도 알아낼 수 없는 사내였다.

한천이 자신을 바라보는 의선을 향해 씩 웃어 보였다.

*　　　*　　　*

해가 서산으로 뉘엿뉘엿 사라져 가는 저녁 시간.

중원 한 곳에 위치한 아름다운 마을 하나가 붉은 석양으로 물들어 가고 있었다. 사람들이 바글거리는 시장통. 그리고 그 시장의 수많은 사람들이 오가는 길목에 위치한 노점상에 한 명의 노인이 자리하고 있었다.

그는 노점에서 시킨 꼬치를 손에 든 채로 허기를 달래고 있었다.

꼬치와 함께 시킨 싸구려 화주 한 잔을 마시고 있는 노인의 얼굴은 무척이나 행복해 보였다. 미소를 머금은 채로 싸구려 화주를 기울이고 있는 모습.

하지만 노인에게서 풍기는 분위기 자체가 기품이 있어서

인지 그 값싼 화주조차도 무척이나 귀한 술인 듯한 느낌을 주었다.

노인의 정체는 바로 천운백.

천룡성의 진짜 주인이자 천무진의 스승인 그였다. 그가 어딘가에 있는 마을에 모습을 드러낸 채로 시간을 보내고 있었던 것이다.

혼자서 손에 든 꼬치를 먹고 술을 마시며 시간을 보내고 있던 그때였다.

털썩.

뒤편으로 다가온 누군가가 거의 등을 맞대다시피 하고 뒷자리에 착석했다.

죽립을 쓰고 있어 얼굴을 확인할 수 없는 상대.

그런 그를 향해 천운백이 말을 걸었다.

"왔는가."

여전히 죽립을 깊게 눌러쓴 채로 그가 나지막이 입을 열었다.

"찾느라 죽는 줄 알았습니다."

"내가 이 마을에 있겠다 말하지 않았던가."

"마을에 계신다고만 했지 어디에 계신지는 말씀 안 해 주시지 않으셨습니까. 얼마나 돌아다니시는지 찾느라 꽤나 애먹었습니다."

"허허, 그랬나?"

너털웃음과 함께 손에 들린 화주를 입가에 가져다 대던 천운백이 퍼뜩 생각난 듯 고개를 슬며시 어깨 너머로 돌리며 물었다.

"한잔하겠나?"

"그럴 여유가 없어서요. 곧바로 보고만 드리고 가려고 합니다."

"그런가? 아쉽군그래. 술 한잔할 여유도 없으니 원."

"그렇게 만든 분이 누군지는 아십니까?"

"아마……나겠지?"

"아시니 다행입니다."

천운백이 상대에게 권하려던 술잔을 자신의 입에 가져다 대는 바로 그때였다. 모습을 드러낸 정체불명의 인물이 곧바로 이곳에 온 이유를 밝혔다.

"십천야가 천 공자를 손에 넣는 것에 실패했습니다."

움찔.

천 공자가 누구를 뜻하는지 천운백은 잘 알고 있었다. 자신의 제자인 천무진이다. 그리고 천운백은 십천야의 존재도, 또 그들이 천무진에게 뭔가를 하려고 한다는 것조차도 알고 있었다.

잠시 멈칫했던 천운백이 이내 술잔을 입에서 떼며 중얼

거렸다.

"……생각보다 모든 것이 빠르게 움직이는군."

"계획이 어그러졌으니 지금 상황에서 할 수 있는 선택은 결국 '그것'이 아닐까요?"

"아마도."

말과 함께 천운백은 손에 들린 꼬치를 입에 넣고 우적거렸다.

말없이 손에 들린 꼬치를 먹고 있는 천운백을 향해 죽립의 상대가 물었다.

"어쩌실 생각이십니까?"

"흐음, 글쎄."

천운백이 천천히 하늘을 올려다봤다.

붉게 물들어 가는 하늘이 무척이나 아름다웠다.

하늘을 올려다보던 천운백이 나지막이 입을 열었다.

"슬슬…… 녀석을 만나러 가야겠구나."

뜻 모를 의미심장한 한마디와 함께 천운백이 손에 들린 화주를 들이켰다.

＊　　　＊　　　＊

광서성 동유라는 이름의 마을은 며칠 전부터 꽤나 많은

이들로 북적거렸다. 그리 크지 않은 마을이었지만 관도와 이어져 있는 지리적 이점이 있어 평소에도 오고 가며 들르는 이들이 많긴 했다. 그러나 지금은 그 정도 수준이 아니었다.

수백 명 이상의 인원으로 구성된 하나의 집단이 며칠째 동유에 자리를 잡고 있는 탓이다.

하나같이 흉흉한 기세를 뿜어내는 이들.

거기다 그들은 스스로의 정체를 감추지 않았다.

검은색의 무복, 그리고 등 뒤에 붉은 글씨로 강렬하게 박혀 있는 '홍(紅)'이라는 글자까지.

무림에서 이 같은 복식을 한 이들은 오직 하나뿐이다.

대홍련(大紅聯).

사파를 대표하는 네 개의 단체 중 하나로 손꼽히지만 실질적으로는 일, 이 위를 다투는 압도적인 힘을 지닌 이들이다.

그런 그들이 마을에 가득 차니 자연스레 분위기는 폭풍 전야를 연상케 했다. 마치 뭔가 큰일이 벌어질 것 같은 느낌.

수백 명이 넘는 대홍련의 인원들은 동유의 남쪽 구역에 자리를 잡았다. 자연스레 남쪽은 대홍련의 무인들로 가득했고, 다른 이들은 그 외의 구역에서 지내곤 했다.

그런 동유의 남쪽 구역에 위치한 하나의 객잔.

그곳 또한 이미 대홍련의 무인들로 바글거렸다.

크기가 상당히 큰 객잔이었기에 무려 오륙십 명에 달하는 대홍련 무인들이 기거하고 있었다.

가뜩이나 많은 이들이 모여 있는 객잔.

거기다 시간이 저녁 식사 때가 되자 식당인 일 층은 발을 디딜 곳 없이 많은 이들로 가득 찼다.

웅성웅성.

곳곳에서 터져 나오는 이야기들과 웃음소리. 큰 외침들이 뒤섞이며 객잔 내부는 무척이나 소란스러웠다.

허나 그런 그들의 소란스러운 행동에 눈살을 찌푸리는 이는 아무도 없었다.

이 객잔 자체를 통째로 빌리다시피 했고, 그로 인해 이곳에는 대홍련 무인들만이 자리하고 있어서였다.

물론 다른 이들이 있었다고 한들 이들을 향해 눈살을 찌푸리긴 어려웠겠지만 말이다.

시끌벅적한 그곳에서 누군가가 크게 소리쳤다.

"어이, 주인장! 대체 술은 언제 나오는 거야?"

험상궂어 보이는 사내의 외침에 객잔의 주인인 사내가 움찔했다.

놀란 그가 서둘러 소리쳤다.

"나, 나갑니다요!"

옆에 있는 점소이에게 빠르게 눈짓으로 술을 가져다주라는 신호를 보낸 그는 자신도 모르게 이마에 흐르는 땀을 닦아 냈다.

사실 이들이 민폐를 끼치는 건 단 하나도 없었다.

아니, 오히려 장사를 하는 입장에서는 큰 호재라고 봐도 무방했다.

며칠째 그들 덕분에 방은 꽉꽉 들어찼고, 식사나 술 또한 보통 사람들에 비해 몇 곱절은 될 정도로 먹어 댄다.

그렇다고 해서 무뢰배들처럼 돈을 지불하지 않는 것도 아니었다.

오히려 깔끔하게 매일매일 금액을 정산해 주어, 혹시나 피해를 입는 건 아닐까 하던 객잔 주인의 걱정을 거짓말처럼 사라지게 만들어 줬다.

단 며칠의 시간.

그 사이에 서너 달 동안 벌어들일 만한 수입이 나왔을 정도니 금액적으론 만족할 수밖에 없었다.

거기다 이들이 행패를 부리는 것도 아니었다.

기물을 부순다거나, 협박 등의 짓은 일체 하지 않았다.

다만……

'저놈들은 눈빛을 보고 뽑나.'

외모에서부터 풍겨 나오는 분위기가 절로 사람을 움츠러들게 만든다. 그저 무섭게 생겨서가 아니다.

오륙십 명에 달할 정도의 인원들이 있으니 개중엔 무섭게 생긴 이도 있으나, 평범하거나 준수하게 생긴 이들도 있었다.

허나 외모와는 별개로 그들의 눈빛이 무척이나 강렬했다. 절로 사람을 움츠러들게 만드는 묘한 힘이 있는 눈빛이었다.

그렇게 계속해서 왁자지껄한 분위기가 이어져 가던 객잔. 그 객잔의 분위기를 깨며 하나의 소리가 들려왔다.

끼이익.

객잔 입구의 문이 열리는 것과 동시에 누군가가 안으로 걸어 들어왔다.

죽립을 쓰고 있어 얼굴을 확인할 수 없는 누군가의 등장. 그자의 등장에 술과 식사를 즐기고 있던 대홍련 무인들의 시선이 일순 그쪽으로 향했다.

허나 이내 상대를 확인한 대부분의 이들은 그에게서 관심을 끊었다.

단 한 명이었을 뿐이고, 내부의 분위기를 보고 곧 알아서 물러갈 거라 생각해서였다.

허나 그런 예상은 빗나갔다.

죽립을 쓴 상대가 성큼 안으로 들어선 것이다. 그러자 입구에 자리하고 있던 이가 빠르게 일어서며 그런 상대를 제지했다.

"이봐."

"……?"

자신을 부르는 소리에 죽립을 쓴 이가 고개를 돌려 상대를 바라봤다.

그러자 대홍련의 무인이 말했다.

"장소를 잘못 찾은 것 같은데. 여기 말고 다른 구역으로 가는 게 좋을 거야. 지금 남쪽 구역은 당신 같은 자들이 지낼 장소가 아니거든."

나가서 다른 곳으로 가라는 그의 말에 죽립을 쓴 상대의 입꼬리가 비틀렸다.

죽립 아래로 드러나 있는 입을 본 사내가 표정을 구겼다.

"……웃어?"

바로 그때였다.

죽립을 쓴 자가 입을 열었다.

"아니 어떻게 하나같이 얼굴에 악당이라고 써 있냐들."

사내의 그 한마디에 웃음이 가득하던 객잔 내부의 공기가 일순 싸늘하게 식었다.

그리고 마치 약속이라도 한 것처럼 자리에 앉아 있던 이들이 우르르 몸을 일으켜 세웠다. 순식간에 오륙십 명에 달하는 대흥련 무인들이 자리에서 일어난 채로 자신들을 비웃은 상대를 노려봤다.

이건 명백한 시비였고, 그걸 참고 있을 그들이 아니었다.

순식간에 살기로 가득 찬 객잔 내부.

객잔 주인은 울상이 되어 발을 동동 구를 수밖에 없었다.

'아이고, 망했구나, 망했어!'

저런 무인들이 날뛰기 시작하면 객잔의 꼴이 어찌 될지 불 보듯 뻔했기 때문이다.

그렇게 객잔 주인이 어쩔 줄 몰라 하는 그때였다.

입구에서부터 상대를 막았던 사내가 기가 막힌다는 듯 말했다.

"어이 형씨. 지금 뭐라고 지껄인 거야?"

말과 함께 성큼 다가간 그가 죽립 사내의 어깨에 손을 올렸을 때였다.

휘리릭!

순간적으로 팔목을 움켜잡은 죽립의 사내가 곧바로 상대를 가볍게 한 바퀴 회전시키며 바닥에 처박았다.

쿠웅!

"큭!"

바닥에 박힌 그가 짧게 신음 소리를 토해 냈다.

상대가 내공을 싣지 않고 가볍게 던진 것이기 때문에 큰 타격은 없었지만, 절로 얼굴이 붉어졌다.

화가 난 그는 당장이라도 자리를 박차고 일어나 상대를 으깨 버리려 했다.

하지만 바닥에 처박힌 덕분에 위를 올려다볼 수 있었고, 자연스레 죽립 아래 사내의 얼굴을 볼 수 있었다.

그리고 상대의 얼굴을 확인하는 순간 그는 사색이 될 수밖에 없었다.

"이 자식이!"

화가 난 몇몇 이들이 달려들려는 그때였다.

바닥에 처박혔던 그가 다급히 외쳤다.

"부, 부련주님?"

그의 그 한마디는 달려들려던 모든 이들의 움직임을 멈추게 했다.

그 순간 상대를 바닥에 처박았던 그가 얼굴을 가리고 있던 죽립을 벗었다. 그렇게 드러난 얼굴, 그곳에는 단엽이 자리하고 있었다.

단엽의 얼굴을 확인하는 순간 객잔 내부를 감돌고 있던 살기가 거짓말처럼 사라졌다.

자리에서 일어서 있던 대홍련 무인들이 동시에 무릎을 꿇었다.

쿠웅!

객잔 바닥이 울릴 정도의 강렬한 흔들림.

무릎을 꿇은 채로 포권을 취한 그들은 하나의 목소리가 되어 소리쳤다.

"부련주님을 뵙습니다!"

자신을 향해 예를 취하는 수하들을 향해 단엽이 한 손을 들어 올리며 가볍게 히죽 웃었다.

"여, 오랜만들."

*   *   *

일련의 무리들과 함께 단엽은 어딘가로 향하고 있었다. 그리고 그들이 가고 있는 곳은 다름 아닌 대홍련의 련주가 있는 곳이었다.

단엽이 이 동유라는 마을에 들른 이유는 바로 이곳에 련주가 있기 때문이었다. 애초에 이토록 많은 대홍련 무인들이 이 마을에 있다는 것 자체가 련주인 그를 보필하기 위해서였다.

그리고 단엽은 이곳에서 련주와 만나기로 사전에 약조가 되어 있는 상태였다.

대홍련 무인들의 안내를 받으며 도착한 곳은 객잔이 아

닌 하나의 장원이었다. 겉보기에 장원은 너무도 평온해 보였다.

허나 단엽은 알고 있었다.

근처에 몸을 감추고 숨어 있는 수많은 대홍련 무인들의 존재를.

그렇게 성큼 장원 안으로 들어선 단엽은 곧장 안쪽으로 안내를 받았다. 이윽고 장원 깊숙한 곳에 위치한 방 앞에 도착하자 옆에 있던 수하가 안쪽에 보고를 올렸다.

"부련주께서 오셨습니다."

"들라 하라."

안에서 익숙한 목소리가 들려왔고, 곧 닫혀 있던 문이 열렸다.

열린 문 건너편에는 한 명의 노인이 자리하고 있었다. 나이는 여든 정도 되어 보였고, 인상은 전체적으로 날카로웠다.

어깨 정도 오는 백발의 머리카락, 덩치는 보통이었지만 풍겨 나오는 기세는 결코 가볍지 않았다.

단관호(段觀虎).

대홍련의 련주이자 단엽의 삼촌이기도 한 그는 사파를 지탱하는 기둥 중 하나였다.

단관호가 입구에서 들어서는 단엽을 슬쩍 바라보며 무뚝뚝하게 말했다.

"오랜만이군, 부련주."

"련주님을 뵙습니다."

단엽이 포권으로 예를 갖췄고, 그런 그를 바라보던 단관호가 이내 뒤편에 있는 수하들을 향해 손짓했다.

"다들 나가 보거라."

"예, 련주님!"

인사를 마친 그들이 사라지고 방 안에는 아주 잠시 침묵이 감돌았다. 그렇게 수하들의 기척이 완전히 사라질 무렵이었다.

자리에서 일어난 단관호가 갑자기 단엽이 있는 쪽을 향해 휙 하니 몸을 돌렸다.

"이 망할 자식! 하나뿐인 삼촌이 이렇게 찾아와야지만 얼굴을 보이는 게냐? 손가락은 멀쩡하구나. 연락 한번 없기에 어디 다치기라도 했나 싶더니만."

수하가 사라지기 무섭게 근엄해 보였던 말투가 거짓말처럼 바뀌었다. 더불어 싸늘해 보였던 얼굴도 언제 그랬냐는 듯 다채롭게 변해 있었다.

그리고 그건 비단 단관호만의 일이 아니었다.

방금 전까지 무표정한 얼굴로 자리하고 있던 단엽이 히죽거리면서 가까이 있는 의자에 편안하게 걸터앉으며 말했다.

"그럼 내 손가락은 당연히 멀쩡하지. 감히 누가 날 건드릴 수 있겠어."

자신만만해 보이는 특유의 화법에 단관호는 픽 웃고야 말았다. 옛날부터 그는 단엽의 이런 자신만만함이 좋았다.

누구를 앞에 두든지 위축되지 않는 저 당당함, 그리고 뛰어난 재능까지도.

그랬기에 많은 이들의 반대를 무릅쓰고 단엽을 부련주의 자리에 앉혔다. 당시에는 이토록 어린 자를 부련주에 앉힌다는 사실에 많은 이들이 의아해하고 안 좋은 소리들을 해 댔지만……

'내 선택은 틀리지 않았지.'

지금은 그토록 싫은 소리를 해 대던 이들 중 그 누구도 그때 단관호가 내렸던 선택에 대해 왈가왈부할 수 없었다.

당연하다.

예전부터 엄청난 재능으로 무림을 시끄럽게 하더니 급기야는 우내이십일성의 무인을 꺾었다. 덩달아 대홍련의 위세가 하늘을 찌를 듯 높아지는 건 당연한 결과였다.

자리를 옮겨 단엽이 앉아 있는 맞은편에 걸터앉은 단관호가 입을 열었다.

"천룡성 무인하고는 지낼 만하냐?"

"그럼. 뭐 솔직히 말하자면…… 지낼 만하다는 말로는 모자라고 꽤 재밌어."

"호오."

재미있다는 단엽의 말에 단관호가 눈을 빛냈다.

단엽의 성격을 누구보다 잘 알고 있는 그였다. 그랬기에 단엽이 이 같은 말을 한다는 것 자체가 드문 일이라는 걸 알고 있었다.

단엽은 타고난 무인이다.

강한 자와의 싸움을 즐기고, 그 상대를 넘어서는 것에서 즐거움을 얻는다. 그런 그가 이토록 재미있어 한다는 건 그만큼 상대가 강하다는 의미였다.

단관호가 말했다.

"천룡성 무인이 대단하긴 대단한가 보군. 네가 이토록 재미있어 하는 걸 보면."

"대단하지. 인정하고 싶진 않지만 내가 박살이 났으니까. 그런데…… 더 재미있는 건 날 유쾌하게 만들어 주는 게 천룡성 무인뿐만이 아니라는 거지."

"그건 또 무슨 소리야?"

단엽이 지금 어떻게 지내는지 알고 있는 단관호다.

그랬기에 현재 천무진과 함께 움직이는 이들에 대해서도 안다.

함께하는 사람들 중 남은 인원이라곤 적화신루의 일원인 두 사람뿐.

하지만 그들이 단엽에게 즐거움을 줄 수 있다고는 생각하지 않았다.

적어도 단관호는 그리 생각했고, 그건 당연한 일이었다.

그때 단엽이 말했다.

"우리 인원이 나 말고 셋인데 말이야. 솔직히 말해서 그들 중에서 내가 무조건 이길 수 있다는 확신이 드는 사람이 한 명도 없어."

"뭐 그런 말도 안 되는……."

단관호가 이해가 안 간다는 듯 중얼거렸다.

단엽이 그냥 일반 후기지수도 아니고, 우내이십일성을 꺾을 정도의 괴물이다. 그런데 그 같은 실력자인 단엽이 겨우 적화신루의 인물들에게 승부를 장담할 수 없다고?

납득이 안 간다는 듯한 표정의 단관호를 보며 단엽은 웃었다. 사실 그럴 수밖에 없었으니까.

단엽이 입을 열었다.

"믿기 어렵지? 근데 사실이야. 아마 주인을 만나지 못했다면 절대 인연이 닿지 않았을 녀석들이지. 그래서 더 즐겁다고 해야 되나. 그렇게 강한 놈들을 만나고, 함께한다는 건 정말 큰 행운이거든."

각자 다른 부류의 무인들이었지만 그런 그들의 실력을 보는 것만으로도 단엽은 많은 걸 배우고 있었다.

서로가 서로에게 영향을 주는 관계.

그것이 지금 천무진 일행이었다.

그들을 떠올리며 히죽거리는 단엽의 모습을 보던 단관호의 얼굴에 슬며시 미소가 걸렸다.

단엽은 강했지만 언제나 고독한 존재였다.

어릴 적부터 혼자였고, 커서도 달라지지 않았다.

대홍련의 부련주라는 자리에 오르며 따르는 이는 많았지만, 반대로 그만큼 마음을 터놓고 지기라고 부를 만한 상대가 생기기는 어려워질 수밖에 없었다.

더군다나 단엽은 강함에 매료당하는 무인.

그만한 실력자여야지 단엽의 구미를 당기게 만들 수 있다는 의미였다.

당연히 그 모든 조건을 갖춘 이들을 만나는 건 쉽지 않다.

그런데…… 지금 그런 이들을 만난 모양이다.

'이젠 외롭지 않아 보여서 다행이구나.'

천룡성 무인과 함께 다닌다는 말에 일말의 걱정이 있었거늘 이제는 한결 마음이 놓였다.

단관호가 이내 장난스럽게 말했다.

"근데 주인이라니? 너 대홍련 부련주라는 놈이 그리 부르고 다니는 거냐?"

"쳇, 누군 좋아서 그러겠어? 약속이었거든. 알잖아, 내 성격. 약속은 목에 칼이 들어와도 지키는 거."

불만스럽게 툴툴거리는 단엽을 보며 단관호가 웃고 있는 그때였다.

단엽이 슬며시 입가에 걸린 미소를 지우며 말했다.

"그런데 무슨 일이야 삼촌. 아무런 용무도 없이 온 건 아니잖아?"

단관호는 대홍련의 련주다. 그리고 그러한 위치에 있는 인물이 이만한 인원을 대동하고 단엽을 만나기 위해 움직였다.

그 말이 의미하는 바가 무엇이겠는가?

자신에게 전할 뭔가 중요한 말이 있다는 의미였다.

단엽의 질문에 잠시 침묵하던 단관호가 천천히 입을 열었다.

"십천야라고 아느냐?"

"어? 삼촌이 그 이름을 어떻게 알아?"

단엽이 놀란 듯 물었다.

그리고 바로 그 순간 단관호가 답했다.

"그들이 날 찾아왔거든."

"진짜야? 그 망할 자식들, 지금 우리가 한창 쫓고 있는 놈들인데. 어디서……."

단엽이 십천야에 대한 단서를 얻기 위해 질문을 던지는 그때 단관호가 그의 말을 자르며 말했다.

"그들이 내게 같은 편이 되어 달라더구나."

"하, 미친 자식들이 사람 잘못 골랐군. 감히 누구한테 같은 편이 되어 달라는 거야?"

단엽이 기가 차다는 듯 비웃음을 던지는 그때였다.

단관호가 천천히 말했다.

"그리고 그런 그들의 제안을…… 난 거절하지 않았다."

생각지도 못한 단관호의 그 한마디에 단엽의 눈동자가 꿈틀거렸다.

단엽이 입을 열었다.

"……진심이야 삼촌?"

"진심이다. 그러니 날 막기 위해 네가 할 수 있는 선택은 단 하나다."

숨을 들이쉰 단관호가 이내 빠르게 말을 이었다.

"날 꺾고 대홍련의 주인이 되어라."

8장. 새로운 시대
— 억울해 마시오

　자신을 꺾고 대홍련의 주인이 되라는 단관호의 말에 화가 난 듯 눈을 부릅뜨고 있던 단엽의 표정이 조금씩 풀렸다.

　처음엔 놀랐고, 이내 화가 치밀었었다.

　자신의 삼촌인 단관호가 한편이 되어 달라는 십천야의 제안을 받아들였다는 사실이 용납되지 않았으니까.

　허나 모든 말을 끝까지 전해 듣자 그것이 정말로 십천야와 손을 잡기 위해 내린 결정이 아니라는 걸 짐작할 수 있었다.

　단관호는 원하고 있는 것이다.

련주의 자리를 단엽이 가져가기를. 그리고 그런 식으로라도 십천야를 따르기로 한 자신의 선택을 막아 주기를 말이다.

그랬기에 단엽은 알아야 했다.

왜 단관호가 이 같은 선택을 해야만 했는지를.

단엽이 물었다.

"……무슨 일이 있었던 건데?"

"얼추 한 달 전쯤이었나?"

과거의 기억을 곱씹으며 웃고 있던 단관호가 천천히 말을 이었다.

"십천야라는 자들이 내 거처를 찾아왔더군."

그들의 방문은 전혀 예상치 못한 상태에서 이루어졌다. 사전에 약속을 잡았던 것도 아니다. 애초에 그랬다면 이렇게 단엽에게 갑자기 알렸을 리가 없다.

단엽이 쫓고 있는 십천야라는 존재들.

사실 단관호 또한 단엽에게서 정체불명의 세력을 쫓고 있다는 이야기만 들었을 뿐 그들에 대해 전혀 아는 것이 없었다.

허나 단엽에게 들은 그들은 무척이나 위험한 존재들이었다.

수십 년이 넘게 무림에 존재하고 있었음에도 불구하고 대홍련의 련주인 단관호가 그 존재조차 파악하지 못했던 이들이다.

그만큼 그들은 자신들의 모습을 완벽히 감출 정도의 힘을 가지고 있었다.

그런 그들의 갑작스러운 방문은 단관호를 당황케 하기 충분했다. 비록 본거지가 아닌 외부에 있을 때였다고는 하지만 련주인 단관호의 거처에 아무도 모르게 들어왔다.

마치 자신의 집이라도 되는 것처럼.

직접 눈앞에 나타난 십천야의 인물을 보는 순간 단관호는 알 수 있었다. 이들이 마음만 먹는다면 오늘 자신은 죽을 거라는 사실을 말이다.

그렇게 아무도 모르게 거처로 들어선 십천야의 인물이 말했다.

자신들의 편이 되라고.

코웃음이 나올 말이었다.

단관호는 알고 있었다. 지금 이 자리에서 이들의 제안을 거절한다면 죽음을 맞게 될 거라는 걸. 그걸 알면서도 그는 그들이 내민 손을 거절하려 했다.

하지만 그랬던 단관호의 생각이 어딘가에 미치는 순간, 그는 결정을 바꿨다.

자신 하나 죽는 문제였다면 전혀 거리낄 것 없었지만, 이건 그것만으로 끝날 일이 아니었음을 깨달았기 때문이다.

련주인 자신이 이렇게 그냥 죽게 된다면 대홍련은 분열하게 될 것이 분명한 상황. 그 말은 곧 대홍련이 약해진다는 의미였다.

그건 현재 십천야와 싸우고 있는 단엽의 힘이 되어 줘야 할 근간이 휘청인다는 말과도 같았다.

단관호는 그걸 막고 싶었다.

온전한 상태로 대홍련의 모든 걸 정식으로 단엽에게 넘기고 싶었고, 그로 인해 한 명이라도 더 많은 대홍련의 무인들을 지키고자 한 것이다.

허나 알고 있다.

늙어 버린 자신에게는 십천야에게서 대홍련을 지켜 낼 힘이 모자라다는 것을.

간략하게 그날의 만남을 설명한 단관호가 말을 이어 나갔다.

"사실 그들과 만나는 순간 난 알았다. 내겐 그들과 싸울 힘이 없다는 걸."

다른 이도 아닌 사파의 거두인 대홍련 수장의 입에서 나온 거라고는 믿기 어려운 말. 하지만 그만큼 십천야의 힘은 대단했다.

단엽을 지그시 응시하고 있던 단관호가 입가에 미소를 머금은 채로 말했다.

"하지만…… 넌 다르지."

"다르긴 뭐가 달라. 삼촌이 여태까지 한 것들이 얼마나 대단한데. 난 아직……."

단관호가 손을 내밀며 단엽의 말을 잘랐다.

그러고는 이내 고개를 절레절레 저으며 말했다.

"그들이 왜 날 찾아왔다 생각하느냐? 여태까지 자신들의 정체를 꽁꽁 감춰 왔던 그들이 왜 굳이 날 찾아와 같은 편이 되자는 제안을 했는지 생각해 봤지. 그러니 답은 간단하더군."

"그 답이 뭔데?"

자신을 향한 단엽의 질문에 단관호가 담담히 말을 받았다.

"네가, 그리고 너와 함께하는 그 일행들이 두려운 게야. 그들은 지금 네가 무서운 거다."

"……."

단관호의 말에 단엽은 침묵했다.

아무런 말도 하지 않은 채 단관호를 바라보던 단엽이 이내 물었다.

"삼촌은 내가 그들을 이길 수 있다고 생각하는 거야?"

단엽의 질문에 단관호는 일말의 망설임도 없이 고개를 끄덕이며 답했다.

"물론이다. 넌 단엽이니까."

단관호 또한 뛰어난 재능을 지닌 무인이었다.

그렇지 않았다면 어찌 사파의 기둥 중 하나인 대홍련의 수장 자리에 앉을 수 있었겠는가. 하지만 단엽은 그런 자신과 비교한다는 것 자체가 미안할 정도의 인물이었다.

단관호가 팔십 년 정도의 인생을 살아오며 보아 왔던 그 누구보다 뛰어난 재능을 가진 것이 바로 단엽이었으니까.

그랬기에 좋았다.

그 뛰어난 인물이 자신의 조카고, 또 대홍련의 뒤를 이을 재목이라는 사실이.

단엽과 시선을 마주한 채로 단관호가 천천히 말을 이었다.

"그랬기에 네게 말하는 거다, 단엽."

말과 함께 단관호가 품 안으로 손을 집어넣었다. 그리고 이내 그의 손에 들린 채로 모습을 드러낸 것은 붉은색의 인장이었다.

그걸 확인하는 순간 단엽의 눈이 커졌다.

그것은 다름 아닌 대홍련 련주만이 지닐 수 있는 인장이었으니까.

인장을 탁자 위에 올려 둔 채로 단관호가 말했다.

"……대홍련을 지켜다오."

단엽은 말없이 단관호를 바라봤다.

차가운 인상, 그렇지만 그 속내는 참으로 뜨거운 사람이다. 그리고 그만큼 무인으로서의 자존심 또한 대단한 인물이었다.

그랬던 그가 적들의 제안에 원치 않으면서도 고개를 끄덕였단다.

그것이 결코 쉬운 일이 아니었을 거라는 걸 안다.

그리고 그런 괴로운 선택을 한 건 역시나 대홍련에 속한 이들을 지키기 위해서였으리라.

진지한 표정으로 자신을 바라보는 단엽을 향해 단관호가 이내 장난스럽게 웃으며 말을 이었다.

"그리고 솔직히 이제 나도 좀 쉬어야 하지 않겠냐. 내 나이가 벌써 여든이 넘었다, 녀석아."

"아직 백 년은 더 살겠구만 무슨 나이 타령이야."

"그거야 내가 관리를 잘했으니 그리 보이는 게지. 겉보기와 달리 속은 다 엉망이거든?"

웃으며 말하는 그를 향해 단엽이 물었다.

"그래서…… 이제 은퇴라도 하려고?"

은퇴라는 말에 단관호가 움찔했다.

분명 언젠가 나이를 먹어 더 이상 뭔가를 하고자 하는 의지도 사라지면 모든 걸 놓고 무림을 떠나려 했다.

하지만…… 적어도 그게 지금은 아니었다.

단관호가 씩 웃었다.

"그럴 리가. 싸워야 할 상대를 남겨 두고 은퇴를 하는 건 꼴사납지 않더냐. 난 도망치는 건 질색이거든."

련주의 자리에선 물러날 생각이다.

하지만 그렇다고 해서 이 싸움에서 빠질 생각은 없었다. 련주의 자리를 벗어던지고 한 명의 무인으로 십천야와 싸울 것이고, 대홍련을 지킬 것이다.

그것이 은퇴 전 단관호가 매듭지어야 할 마지막 임무일 터.

단엽은 단관호가 책상 위에 올려놓은 련주의 인장을 바라봤다.

언젠가 이런 날이 올 줄은 알았지만, 그래도 예상보다 훨씬 빨랐다.

단엽이 물었다.

"만약 내가 삼촌의 제안을 거절한다면 어쩔 생각이야?"

"말했잖으냐. 내 능력으론 그들을 막을 수 없고, 대홍련을 지키기 위해 난 그들의 손을 잡아야 할 거라고."

심각한 내용과 달리 단관호는 웃고 있었다.

마치 단엽의 선택이 어떨지 이미 알고 있다는 듯이.

그런 그의 모습에 단엽은 결국 길게 한숨을 내쉬었다.

"끄응."

스스로 머리를 헝클어뜨리며 낮은 신음 소리를 흘리는 단엽의 눈동자에 이내 확신이 들어찼다.

고민을 끝낸 그가 팔짱을 낀 채로 의자에 기댔다.

"하여튼 사람 거절하지 못하게 만드는 데 뭐 있다니까."

"그 말은…… 수락이라고 들어도 되겠느냐?"

물어 오는 단관호의 질문에 단엽은 입을 열어 대답하는 대신 행동으로 자신의 결정을 보여 줬다. 손을 쭉 내민 그가 책상 위에 자리하고 있던 련주의 인장을 움켜잡았다.

그리고 그 모습을 본 단관호의 입가에 미소가 걸렸다.

그가 웃으며 말했다.

"허허, 이거 한동안 바쁘게 생겼구나."

련주의 자리에서 물러날 생각이었기에 그 전에 정리해야 할 일들이 많았다. 훗날 잡소리 없이 단엽에게 대홍련을 물려주기 위해서는 힘이 남아 있는 지금 련주로서 해야 할 것들이 있었다.

단관호가 아직까지 인장을 움켜쥔 채로 자신의 뜻을 내보이고 있는 단엽을 향해 말했다.

"알겠으니 그만 놓고 가거라. 곧 련주의 자리를 내줄 생각이지만 아직까지는 내가 해야 할 일들도 있으니까. 그 전까지 련주의 인장은 내가 보관하도록 하지."

"그렇게 해, 삼촌."

"먼 길 오느라 고생했을 텐데 우선은 좀 쉬고. 자세한 이야기는 내일 하도록 하자꾸나."

단관호의 말에 고개를 끄덕이며 자리에서 일어난 단엽이 말했다.

"시간이 별로 없으니까 웬만한 건 내일 다 마무리해 두자고. 끝나는 대로 돌아가야 하니까."

"바로 천룡성 무인이 있는 곳으로 갈 생각이냐?"

"응, 나도…… 그곳에서 해야 할 일들이 있으니까."

단엽의 말에 단관호 또한 알겠다는 듯 픽 웃었다.

그 말을 끝으로 몸을 돌리고 사라지는 단엽의 뒷모습을 바라보며 단관호는 입가에 걸린 미소를 지우지 못했다.

'많이도 컸구나.'

그 조그맣던 아이가 눈 깜짝할 사이에 커서 대홍련의 부련주가 되더니, 이제는 자신의 자리까지 받게 되었다.

삼십 년이 넘는 긴 시간.

그렇게 오랫동안 앉아 있던 자리에서 물러난다는 것이 아쉽기도 했지만…….

스윽.

탁자 위에 올려 둔 련주의 인장을 회수한 단관호가 의자에 기대 천장을 올려다보며 중얼거렸다.

"……새로운 시대의 막이 열리는 건가."

*　　　*　　　*

흑풍진천대 대주 양사창.

오랫동안 마교에 숨겨져 있던 십천야인 그는 골치 아프다는 표정을 짓고 있었다. 최근 들어 마교 내에서 원치 않는 일들이 종종 벌어지고 있는 탓이다.

대놓고 드러나진 않았지만, 그가 파악하기로 이 모든 일의 배후에는 마교의 소교주인 악준기가 있었다.

그리고 그 말은 곧…….

'천무진 그놈이 사람을 귀찮게 하는군.'

천무진이 마교로 돌아온 모습을 보며 적잖이 놀란 양사창이다. 애초에 그는 십천야에서 준비하고 있던 계획을 알고 있었고, 그로 인해 천무진이 자신들에게 조종을 당하게될 거라 여겼다.

그랬기에 떠나는 천무진 일행의 모습을 은밀히 지켜보며 마지막 인사까지 하지 않았던가.

그런데 천무진은 멀쩡하게 돌아왔고, 뒤이어 날아든 연락을 통해 도리어 그를 노렸던 적련화가 죽었다는 사실을 전해 들었다.

상황이 이리되자 마교의 일을 전담하는 양사창으로서는 머리가 아파 왔다.

천무진이 멀쩡하게 돌아왔으니 소교주는 더욱 날뛸 것이고, 마교 내에서 움직이는 십천야의 계획들을 방해할 게 분명했으니까.

양사창이 불만스레 손으로 탁자를 쾅 쳤다.

그러고는 이내 짜증스러운 목소리로 중얼거렸다.

"망할, 더럽게 귀찮게 하는군."

가뜩이나 지금의 십천야는 무척이나 혼란스러웠다. 많은 이들이 죽은 데다, 예상치 못하게 벌어지는 일들을 수습하느라 정신없이 바빴다.

오랜 시간 십천야의 일원으로 살아오며 이 같은 경우는 처음이었다.

자신들이 원하면 모든 이루어졌고, 그것을 당연하게 여기며 살아왔으니까.

그런데 천무진이 나타난 이후로 모든 것이 바뀌었다. 계속되는 실패, 그리고 점점 좋지 않게 변해 가는 내부의 분위기까지.

이런 상황에서 가장 중요한 거점 중 하나인 마교의 일들까지 흔들린다면…….

'어르신의 노여움을 사면 안 될 터인데.'

어르신의 눈 밖에 나기를 원치 않았기에 양사창은 어떻게든 마교의 모든 상황을 정리하고 싶었다. 계획대로만 됐다면 소교주는 도움을 줄 힘의 상당 부분을 잃고 다시금 예전처럼 어둠 속으로 기어들어 가야만 했다.

하지만 여전히 그는 날뛰고 있고, 이대로 됐다가는 마교의 일부 세력 또한 흡수해 보다 큰 방해 거리가 될 것이 분명했다.

그때가 된다면 제아무리 교주를 완벽히 손에 넣은 자신들이라 할지라도 마교를 마음대로 조종하는 것은 불가능해진다.

어르신으로부터 마교에서의 일들에 대한 전권을 위임받은 상황.

양사창은 선택을 해야만 했다.

'끄응, 천무진을 죽일 수는 없으니…… 역시 답은 하나인가.'

천무진은 절대 죽여선 안 되는 자였다. 그런 지금 내릴 수 있는 답은 결국 하나일 수밖에 없었다.

모든 일을 이끌고 있는 소교주 악준기.

그의 제거였다.

사실 악준기를 죽이는 건 최대한 피하고 싶었다.

아직은 때가 아니라고 생각했으니까.

하지만 상황이 이렇게 흐르고 있는 지금 이보다 나은 선택은 없었다.

자리에서 일어난 그가 천천히 걸음을 옮겼다.

창가에 기대어 선 양사창이 픽 웃으며 중얼거렸다.

"죽는다고 너무 억울해 마시오. 다 자업자득이니까."

그가 여전히 웃는 얼굴을 한 채, 손가락으로 창틀을 가볍게 두드리며 천천히 말을 이었다.

"자 그럼…… 어떻게 죽여 드릴까."

* * *

사천당문의 분타가 위치한 귀주성 삼도(三都) 지역.

그곳은 분타라는 명칭으로 불리긴 했지만, 실질적으로는 독의 연구를 위한 거점이었다. 남만 지역의 독을 연구하기 위해 만들어진 그곳엔 생각보다 많은 숫자의 무인들이 자리했다.

그건 이곳에 아주 위험한 독들이 있기 때문이었다.

함부로 외부에 나가서는 안 되는 극독들.

그 때문에 사천당문의 무인뿐만이 아니라 인근에 있는 세 개의 문파에서도 지원을 받아 그것들을 지키고 있었다. 그러한 연유로 이곳 삼도 분타는 언제나 경비가 삼엄했고,

외부인은 특별한 절차를 거치지 않고는 절대 내부에 들어올 수 없었다.

그런 삼도 분타의 중앙 지역.

삼엄히 경비를 서고 있는 무인들 틈으로 젊은 사내 하나가 모습을 드러냈다.

그 사내의 정체는 바로 당자윤이었다.

별동대의 일 이후로 천무진의 눈치를 보며 죽은 듯이 지내고 있던 그가 이토록 움직이고 있는 건 어떠한 이유가 있어서였다.

당자윤이 도달한 곳은 바로 불귀당(不歸堂)이라는 장소였다.

불귀당의 입구에는 많은 무인들이 지키고 서 있었지만, 그 누구도 당자윤을 막지 않았다. 그는 이곳을 드나들 자격이 있었으니까.

당자윤은 대략 한 달 정도 전부터 이곳 삼도 분타에 와서 지내고 있었다.

바로 십천야 쪽의 명령이 있어서였다.

그들에게서 구명 받은 이후 얼결에 같은 배를 타게 된 당자윤이다.

그런 그로서는 십천야의 명령이 마음에 들지 않는다고 해도 따를 수밖에 없었다.

본가인 사천당문에서 이곳 삼도로 갑자기 옮겨 온 것에 대해 불만으로 가득했던 시간들이었지만…….

터벅터벅.

당자윤은 겹겹이 닫혀 있는 몇 개의 문을 열며 안으로 들어선 후에야 목적지에 도달할 수 있었다.

불귀당이라는 이름을 지닌 이곳은 크기가 무척이나 컸다. 수천 개에 달하는 독들을 보관하는 장소니 당연한 일이었다.

시간이 다소 늦어서인지 불귀당 내부에는 아무도 보이지 않았다.

주변을 살피는 당자윤의 눈동자가 불안한 듯 흔들렸다. 그는 곧 익숙한 듯 내부를 걸었다. 몇 번이고 와 본 곳이기에 내부의 지리는 익숙했다.

다만 그는 뭔가에 쫓기기라도 하는 것처럼 연신 주변을 살폈다.

그렇게 의심스러운 걸음걸이로 나아가던 당자윤이 멈추어 선 곳.

그의 앞에는 성인 장정 주먹 하나 정도 되어 보이는 아주 작은 크기의 항아리가 놓여 있었다. 시선과 마주하는 높이 정도에 위치한 항아리를 확인한 당자윤은 다시금 주변을 살폈다.

그리고 아무도 없음을 확인하고서야 그가 슬그머니 손을 움직였다.

항아리를 쥔 그가 조심스레 그것을 바닥에 내려놓고는, 이내 입구를 봉해 놓은 뚜껑을 소리가 나지 않게 열었다.

뚜껑이 열리자 안에서는 정체 모를 진한 향이 훅 하고 풍겨져 나왔다.

그리고 그 향을 마주하는 순간 당자윤은 눈을 꽉 감은 채로 가볍게 고개를 흔들었다.

머리가 어질어질할 정도의 독 기운이었다.

힘겹게 항아리 안을 확인하는 그 순간…….

꿈틀꿈틀.

항아리 안에는 십여 마리가 조금 넘는 정도의 지네들이 꿈틀거리고 있었다. 새카만 몸통에, 붉은 다리. 한눈에 봐도 위험한 느낌을 물씬 풍기는 지네들이었다.

그리고 이 지네들은 흑사오공(黑死蜈蚣)이라 불리는 끔찍한 독충이었다.

한번 물리기만 해도 사지가 마비되고, 곧 죽음까지 이르게 만드는 놈들로 워낙 구하기 힘든 독충인지라 실질적으로 무림에 모습을 드러낸 경우는 거의 없었다.

그만큼 위험한 독충.

그것을 보던 당자윤이 흑사오공들이 자리하고 있는 항아

리 안으로 품에서 가지고 온 뭔가를 휙 하니 던져 넣었다.

무섭다는 듯 손도 안 댄 채로 던져 넣은 물건은 바로 감나무의 나뭇가지였다.

아무런 특별할 것 없는 평범한 나뭇가지 하나.

절반 정도가 항아리 안쪽으로 들어가고, 나머지 반만이 모습을 드러내고 있는 감나무의 나뭇가지에 갑자기 거뭇한 뭔가가 나타났다.

바로 항아리 안에 있던 흑사오공 중 하나가 그 나뭇가지를 타고 움직인 것이다.

그것도 기괴한 소리와 함께.

쉬시식.

주변으로 은은한 독기를 뿜어내며 단 한 마리의 흑사오공만이 나뭇가지를 올라오고 있었다.

흑사오공에게는 특이한 부분이 있었는데 그건 바로 감나무에 반응한다는 점이었다.

특히나 흑사오공은 이런 식으로 감나무에 자신의 영역을 표시하는 습성이 있었다. 그리고 이미 영역이 표시된 곳에는 또 다른 흑사오공은 욕심을 내지 않는다.

그랬기에 지금처럼 감나무의 나뭇가지에 단 한 마리의 흑사오공만 올라타고 있었던 것이다.

그걸 확인한 당자윤은 입술을 꽉 깨물었다.

잠시 머뭇거리던 그가 이내 마음을 정했는지 조심스레 항아리 안에 들어가 있던 나뭇가지를 바깥으로 휙 끄집어냈다.

동시에 재빠르게 항아리의 열린 뚜껑을 강하게 닫았다.

"후우."

나지막한 한숨과 함께 항아리를 제자리에 돌려놓은 당자윤의 시선이 이내 바닥에 떨어져 있는 감나무의 나뭇가지로 향했다. 그리고 자연스레 그 감나무에 붙어 있는 흑사오공의 모습 또한 눈에 들어올 수밖에 없었다.

꿈틀거리는 모습만으로도 소름이 돋는 탓에 당자윤은 자신이 해야 할 행동을 망설일 수밖에 없었다.

당자윤의 목표는 흑사오공을 가지고 이곳 불귀당을 빠져나가는 것이다.

허나 그것이 그리 간단할 리가 없었다.

불귀당을 나갈 때는 몸수색을 통해 뭔가 위험한 물건을 가지고 나가는 건 아닌지 확인을 했기 때문이다. 당연히 정식으로는 흑사오공을 가지고 나갈 수 없었다.

그런 상황에서 흑사오공을 감출 만한 장소는…… 바로 입 안이었다.

흑사오공의 위험한 독은 물리거나, 아니면 저 벌레를 갈아서 만들 때 나타난다.

물론 가만히 있어도 뿜어져 나오는 독기 또한 어느 정도의 독성을 지니긴 했지만, 일정 수준 이상의 무인이라면 그리 위험하지 않았다.

그걸 잘 알지만……

"으으."

낮은 소리와 함께 당자윤은 품 안에 넣어 둔 다른 뭔가를 끄집어냈다.

그건 자그마한 천이었는데, 그 안에는 흑사오공이 좋아하는 감 씨가 자리하고 있었다.

감 씨가 담겨 있는 천을 바닥에 내려놨을 때였다.

촤르르르!

흑사오공이 수많은 다리를 꿈틀거리며 곧장 나뭇가지를 떠나 감 씨가 있는 천 위쪽으로 올라섰다. 그리고 그걸 확인하는 순간 당자윤은 서둘러 그 천을 회수했다.

그러고는 이내 절대 나올 수 없을 정도로 감 씨와 함께 흑사오공이 들어 있는 천을 동그랗게 말았다.

절대로 이 안에서 빠져나오지 못하게 하려는 듯이 말이다.

최대한 조그맣게 천을 말아 쥔 당자윤은 주먹을 쥐었다 펴기를 반복하며 긴장한 속내를 달랬다.

그는 이내 눈을 꽉 감았다.

지금으로선 선택의 여지가 없었으니까.

이미 약점이 잡혀 있는 상황, 십천야가 시키는 걸 거부하는 순간 자신의 운명 또한 끝이 난다.

하지만 반대로 그들의 말만 잘 따른다면…… 그때 약조했던 사천당문의 가주 자리 또한 꿈은 아닐 터.

눈을 꽉 감은 채로 당자윤은 흑사오공을 감싼 천을 입 안에 쑤셔 넣었다.

독기가 치명적이지도 않고, 천으로 감싸 직접적으로 피해가 없다는 걸 알지만 그럼에도 불구하고 구역질이 치밀었다.

이토록 천으로 싸서 입에 넣은 이유는 역시나 침이 흐르지 않게 하기 위해서였다.

입 안에 천이 있으니 침 또한 그것에 흡수될 테고, 그렇다면 겉보기에 전혀 이상해 보이지 않을 테니까.

입 안에 흑사오공을 머금은 채 당자윤이 빠르게 불귀당의 입구로 움직였다.

혹시라도 사람이 올까 봐 미리 넣어 두고 움직였거늘, 문 몇 개를 통과하는 그 시간이 엄청나게 길게 느껴지면서 조심한 것마저 후회가 되었다.

그렇게 나선 불귀당의 입구.

그곳에 자리하고 있던 무인들이 당자윤을 향해 다가왔다.

그들 중 하나가 예를 갖춰 말했다.

"당 공자님, 아시겠지만 간단한 몸수색을 하셔야 합니다."

당자윤은 애써 찝찝한 기분을 억누르며 태연한 척 고개를 끄덕였다. 그의 신호가 떨어지자 대기하고 있던 네 명의 무인들이 빠르게 다가와 당자윤의 몸을 뒤졌다.

익숙하게 옷 사이사이를 확인한 그들은 이내 고개를 끄덕였다.

"가셔도 됩니다."

무인들 중 하나의 대답이 떨어졌고, 당장이라도 자리를 박차고 싶은 마음을 참으며 당자윤은 평소처럼 느긋하게 걸음을 옮겼다.

그렇게 불귀당의 입구에서 보이지 않는 장소에 도착했을 무렵.

"욱! 우욱!"

헛구역질과 함께 당자윤은 입 안에 머금고 있던 천을 뱉어 냈다.

천을 뱉어 내고도 모자랐는지 그는 연신 침을 흘려 댔다.

"으으으."

독에 전혀 영향을 받지 않았을 터인데도 불구하고 입 안이 얼얼한 느낌이었다.

그 이후에도 몇 번이고 헛구역질을 해 대던 당자윤이 이내 소매로 입가를 닦아 내고는 바닥에 널브러져 있던 흑사오공이 들어 있는 천을 손에 쥐었다.

천을 소매 속에 감춘 당자윤은 서둘러 사천당문의 분타를 벗어나 어딘가로 향하기 시작했다.

인적이 아예 없는 숲길.

미리 약속된 장소를 향해 움직이던 당자윤의 눈에 한 대의 마차와 함께, 열린 창으로 화려한 복색을 한 여인 하나가 보였다.

일전에도 한 번 만난 적 있던 여인.

주란이었다.

마차에 앉은 채로 자리하고 있던 주란이 다가오는 당자윤을 확인하고는 이내 창밖을 향해 가볍게 손을 들어 올렸다.

그런 그녀의 행동에 당자윤은 보다 빠르게 움직여 마차 위에 올라탔다.

당자윤과 마주 앉은 상황에서 주란이 미소를 지었다.

"오랜만이군요, 당 소협."

"……오랜만에 뵙습니다."

인사를 하는 당자윤의 얼굴엔 긴장감이 역력했다.

허나 주란은 그런 그의 표정에는 아랑곳하지 않고 곧바

로 본론으로 들어갔다.

"부탁한 물건은요?"

그녀의 질문에 당자윤은 소매 안에 감춰 뒀던 천을 꺼내어 내밀었다.

"여기 있습니다."

말과 함께 꺼내어 든 흑사오공이 담긴 천.

그런데 천은 당자윤이 흘린 침으로 인해 지저분해져 있는 상태였다. 그 모습에 주란이 의아하다는 표정을 지어 보이자 당자윤이 서둘러 말했다.

"그것이 숨겨서 나오려다 보니 입 안에 넣는 바람에……."

"흐음, 그래요?"

대답을 들은 주란이 미간을 찌푸렸다가 이내 손가락 두 개로 슬쩍 천을 건네받았다. 그러고는 곧바로 그것을 옆자리에 놓고 닫혀 있던 천을 풀어헤쳤다.

그렇게 드러난 천 안쪽의 모습.

그 안에는 여전히 살아서 꿈틀거리는 흑사오공이 자리하고 있었다.

그리고 그 흑사오공을 확인하는 순간 주란의 얼굴에 만족스러운 미소가 걸렸다.

흑사오공이 도망치지 못하도록 준비해 온 통 안에 첫째로 휙 넣어 버린 그녀가 물었다.

"흑사오공이 사라진 걸 감출 수 있겠어요?"

"다행히 물건이 들어온 지 얼마 안 됐습니다. 정확한 물량이 파악되지 않았을 테니 별문제 안 될 겁니다."

"반드시 그래야 할 거예요. 만약에라도 이것이 들통난다면…… 곤란한 건 당 소협이 될 테니까요."

걱정인 것처럼 말하고 있었지만 당자윤은 알고 있었다.

이것이 경고라는 것을.

아마도 뭔가 문제가 생긴다면 그들이 먼저 자신을 버릴 거라고 말하고 있는 것이다.

당자윤은 알겠다는 듯 고개를 끄덕였다.

이들과 한편이 되면서부터 이미 어느 정도의 위험은 감수할 각오를 하지 않았던가.

이미 뒤가 없는 당자윤에게 이 정도 위험은 짊어지고 나아가야만 하는 과제일 수밖에 없었다.

그런 그의 모습에 의미 모를 미소를 지어 보인 주란이 짧게 말했다.

"어쨌든 고생했어요. 우리의 일을 도왔으니 조만간 좋은 소식 하나 전해 주도록 하죠."

좋은 소식을 전해 준다는 말에 얼굴에 화색을 띤 당자윤이 고개를 끄덕이며 답했다.

"신경 써 주셔서 감사합니다."

뭔가 기대하는 표정의 그를 보며 주란은 비웃음을 삼켰다.

그녀는 당자윤을 쉽게 버릴 생각이 없었다.

그에겐 아직 이용 가치가 남아 있었고, 그것이 사라질 때까지 주란은 당자윤과 함께할 계획이었다. 그랬기에 이런 일을 끝냈을 때는 당근을 주는 것도 잊지 않았다.

그래야 더더욱 충성하며 자신이 시킨 일을 해내려 할 테니까.

그녀가 말을 이었다.

"그럼 다음에 또 봐요."

"알겠습니다."

말을 마친 당자윤이 막 자리에서 일어나다 멈칫했다. 그러고는 이내 조심스레 물었다.

"저 그런데…… 혹시 흑사오공을 어디에 사용하시려고 하는지 여쭈어봐도 되겠습니까?"

당자윤의 질문에 이미 반대편 창가 쪽으로 고개를 돌렸던 주란이 천천히 시선을 움직였다.

그렇게 그와 눈빛을 마주한 채로 주란이 말했다.

"생각보다 궁금한 게 많으신가 봐요?"

목소리에 담겨 있는 질책을 느껴서일까?

당자윤이 당황한 듯 더듬거렸다.

"그, 그것이……."

"궁금한 게 많은 건 상관없어요. 그거야 자기 마음이니까요. 하지만 그걸 드러내지는 말아요. 난 개인적으로 별로더라, 그렇게 궁금증 많은 사람. 뭔 말인지 알겠죠?"

웃으며 가볍게 말하고 있었지만, 그 안에 담긴 의중은 분명하고 단호했다.

아무것도 궁금해하지 말라고.

궁금해하는 순간 뭔가 대가를 치르게 될 거라고 말이다.

주란의 경고 섞인 말에 황급히 고개를 끄덕인 당자윤은 곧바로 마차에서 내려서고는 말했다.

"그럼 가 보겠습니다. 오늘의 실수는 잊어 주시지요."

"그래요."

대답을 듣기 무섭게 당자윤은 몸을 돌려, 분타가 있는 쪽을 향해 걸어 나갔다.

그렇게 그가 움직이자마자 주란 또한 바깥에 있는 마부에게 명령을 내렸다.

"우리도 가지."

명령과 함께 마부가 기다렸다는 듯 말고삐를 움켜잡았다. 곧 세 마리의 말이 이끌고 있는 마차가 빠르게 달려 나가기 시작했다.

그렇게 서서히 멀어져 가던 도중 바깥을 바라보고 있던 주란이 중얼거렸다.

"시키는 대로만 하면 될 놈이 벌써부터 궁금증을 가지
네. 생각보다 오래 못 써먹겠어."

말해 줄 리가 없지 않은가.

이용해 먹다가 버릴 그런 하찮은 패에게.

지금 받아 가고 있는 이 독으로 마교 소교주를 죽이려고
한다는 사실을.

가능하면 범인이 누군지 모르게 처리할 작정이다.

하지만 만약에라도 일이 틀어진다면…….

'그 죄는 사천당문이 뒤집어쓰겠지.'

주란이 픽 웃었다.

9장. 공허함
― 아직은 아니니까

　어느덧 해가 지고도 한참의 시간이 지났을 무렵. 천무진 일행들이 기거하고 있는 귀림원에 익숙한 얼굴 하나가 모습을 드러냈다.

　바로 대홍련의 련주인 단관호와 만나기 위해 떠났던 단엽이었다.

　귀림원에 들어서기 무섭게 단엽은 목소리에 힘을 주고는 소리쳤다.

　"어이! 나 돌아왔다!"

　그의 커다란 고함 소리에 닫혀 있던 방문들이 열리며 그 안에서 세 사람이 모습을 드러냈다. 천무진과 백아린은 어처구니없다는 듯한 얼굴이었고, 한천은 웃으며 단엽을 반겼다.

"여, 왔구먼!"

"뭐야? 한천 말고는 반응들이 왜 이렇게 미적지근해?"

"이 밤에 나타나서는 자기 왔다고 그렇게 동네방네 떠들고 다니는 게 어처구니가 없어서 그렇지."

백아린의 말에 단엽이 히죽 웃으며 답했다.

"다들 내가 언제 오는지 궁금할 줄 알았는데."

아니었냐는 듯이 어깨를 으쓱하며 자신을 바라보는 단엽의 시선에 천무진이 고개를 끄덕이며 답했다.

"뭐 그렇긴 했지."

갑작스러운 대홍련 련주의 연락으로 단엽이 개인적인 용무를 하러 다녀왔다. 여태까지는 없었던 대홍련의 급한 연락, 뭔가 일이 벌어진 건 아닐지 내심 신경이 쓰였던 상황이다.

천무진이 곧장 물었다.

"혹시 무슨 일이라도 있었던 건가?"

"아니, 뭐 별건 아니고."

단엽은 자신에게 향한 세 사람의 시선을 느끼며 잠시 말을 멈췄다.

그러고는 이내 결심이 섰는지 단엽이 짧게 말했다.

"아무래도 련주가 될 거 같아."

"에엥?"

그 말에 놀란 듯 소리를 내지른 것은 한천이었다. 그가 성큼 다가서며 물었다.

"련주가 된다니? 대홍련 련주가 된다고?"

"응, 어쩌다 보니 그렇게 될 것 같던데."

단엽은 별거 아니라는 듯 말하고 있었지만 이건 결코 가벼운 이야기가 아니었다. 아무렇지 않게 서 있던 천무진과 백아린 또한 사태의 심각성을 깨달았는지 서로 눈빛을 주고받고는 고개를 끄덕였다.

천무진이 곧바로 말했다.

"우선 내 방으로 모이지."

그 말을 끝으로 천무진은 몸을 돌려 방 안으로 들어섰고, 이내 백아린 또한 따라서 움직였다.

두 사람이 사라진 쪽으로 움직이는 단엽을 향해 옆에 서 있던 한천이 말을 걸었다.

"어떻게 된 거야?"

"자세한 건 안에 들어가서 얘기해 줄게. 가자고."

한천의 어깨를 툭 친 단엽이 걸음을 옮겼다.

그렇게 천무진의 방 안에 네 사람 모두가 모였을 때였다.

천무진이 단엽을 향해 물었다.

"어떻게 된 건지 설명 좀 해 봐. 갑자기 왜 네가 련주가 되는데?"

저번 생에서도 단엽은 대홍련의 련주가 되었다. 하지만 그건 지금보다 아주 오랜 후의 이야기였다. 그런데 갑작스레 련주를 만나고 돌아오더니, 대홍련의 수장이 될 것 같다고 말한다.

아는 것과 또 다르게 흘러가는 미래, 분명 자신과 연관되어 뭔가가 벌어졌음을 직감한 천무진이었다.

그런 그의 질문에 단엽은 련주 단관호와 나눴던 이야기들에 대해 대화를 시작했다.

십천야가 직접 단관호를 찾아온 것부터, 그가 어떠한 선택을 했으며 그로 인해 단엽 또한 어떻게 결정을 내렸는지도.

사파를 대표하는 대홍련의 수장이 바뀌는 일, 그렇지만 설명은 생각보다 간단하게 끝이 났다.

모든 이야기가 끝이 났고 가만히 단엽의 말을 듣고 있던 천무진이 물었다.

"그렇다면 넌 어떻게 할 생각이야?"

"뭐가?"

"련주가 된다면 지금과는 상황이 다르잖아."

천무진의 그 말에 백아린과 한천이 고개를 끄덕였다. 지금 천무진이 고민하는 바는 바로 이것이었다.

단엽이 련주가 되면 지금과는 많은 것이 달라질 수밖에 없었다.

지금은 아예 대홍련의 일에서는 손을 놓고 천무진과 함께하고 있지만 련주가 된다면 지금처럼 생활하는 것은 쉽지 않을 거라는 생각이 들었다.

천무진의 말에 단엽이 답했다.

"사실 당장에 큰 변화는 없다고 생각해. 아직은 련주님께서 매듭지어야 할 일도 있으니까. 나도 마찬가지고."

단엽 또한 천무진이 말한 부분에 있어 꽤나 고민이 깊었다.

련주가 되어 십천야와 싸우는 건 상관없었다.

허나 마음에 걸리는 것 하나.

그건 과연 련주가 되어서도 지금처럼 천무진 일행 중 하나로 함께 싸워 갈 수 있느냐는 거다. 물론 떨어진다고 해도 같은 적을 두고 있고, 약속까지 했으니 천무진을 도와 십천야와 싸울 것이다.

하지만 멀리서 돕는 것과 직접 함께하는 건 차이가 있을 수밖에 없었다.

단엽은 그게 내키지 않았다.

아직 확정된 건 아무런 것도 없는 상황.

지금은 단엽조차도 뭐라고 확실하게 이야기를 해 주기 어려웠다. 그리고 그러한 사실을 알기에 천무진 또한 더는 그것에 대해 묻지 않았다.

그러나 말하지만 않았을 뿐 천무진은 기분이 그리 좋지 않았다.

어렵게 만난 인연들이다.

처음엔 필요에 의해 자신이 먼저 다가갔다.

적화신루에도, 대홍련에도.

필요해서 만났고, 그렇기에 언제든 헤어져도 아무렇지 않을 인연들이라 여겼던 적도 있다.

하지만 이제는 그때와 조금 달랐다. 적화신루의 인물들인 백아린과 한천뿐 아니라, 대홍련의 부련주인 단엽까지도.

다시 한번 얻게 된 또 한 번의 삶.

이 삶에서 천무진이 얻은 가장 큰 것은 과연 무엇일까?

복수를 할 기회?

물론 그 또한 맞는 소리다. 허나 그것만이 전부는 아니었다.

함께 웃고 떠들 수 있는 동료들.

저번 생에서는 가지지 못해 몰랐던 그 행복을 알게 해 준 이들이 바로 이곳에 있었다. 그런 이들 중 하나인 단엽이 떠날지도 모른다 생각하니 그 빈자리가 크게 느껴질 수밖에 없었다.

생각이 거기까지 미치자 천무진 스스로도 기가 막혔다.

'내가 이런 생각을 하게 될 줄이야.'

아무도 믿지 않았다.

그리고 앞으로도 그럴 거라 생각했는데…… 오히려 저번 생보다 더 많은 소중한 이들이 생겨 버렸다.

침묵하는 천무진의 모습에 뭔가 어색했는지 단엽이 괜스레 말을 걸었다.

"어이, 주인. 무슨 말이라도 해 보라고."

"말은 무슨. 정해진 건 아무것도 없으니 추후에 뭔가 정해지면 그때 다시 이야기하면 될 것 같은데."

천무진은 아무렇지 않은 척 답했다.

지금 스스로가 말한 대로 뭔가가 확실히 정리된 것도 아니었고, 단엽의 결정에 대해 자신이 왈가왈부하기도 우습다는 생각이 들어서였다.

련주가 된다는 것.

그것은 수천 명에 달하는 대홍련 무인들의 목숨을 책임진다는 의미였다.

만약 단엽이 떠나는 쪽으로 결정을 내린다면? 그건 그의 선택인 것이고, 천무진 또한 그러한 결정에 최대한 맞춰 줘야만 했다.

단엽이 떠나게 될지도 모른다는 사실에 방 안의 분위기
가 낮게 가라앉은 상황.

천무진이 서둘러 말을 돌렸다.

"먼 길 다녀오느라 고생했을 텐데 일단 좀 쉬어."

천무진의 말에 고개를 끄덕인 단엽이 자리에서 일어났
다.

꽤 먼 거리를 다녀와 피곤하기도 했고, 천무진의 말대로
지금 이야기한다고 마무리할 수 있는 문제도 아니었다. 지
금으로써는 사정을 설명한 것만으로 충분했고, 그 이후의
문제는 나중에 고민해도 될 부분이었다.

단엽이 세 사람에게 짧은 인사를 건넸다.

"그럼 난 말대로 들어가서 좀 쉴 테니 내일들 보자고."

말을 마친 단엽은 곧바로 몸을 돌려 걸어 나갔고, 그 순
간 한천 또한 슬그머니 자리에서 일어나 그 뒤를 쫓았다.

그렇게 두 사람이 방에서 사라졌을 때였다.

조용히 서서 천무진의 눈치를 살피던 백아린이 슬그머니
옆으로 다가와 침상 위에 걸터앉았다.

그녀가 입을 열었다.

"좀 아쉽나 봐요?"

백아린의 그 한마디에 천무진이 그녀를 향해 시선을 돌
렸다.

예전이라면 무슨 소리냐며 잡아뗐겠지만⋯⋯ 천무진이 픽 웃으며 중얼거렸다.

"당신은 정말 못 속이겠군."

솔직한 천무진의 모습에 백아린 또한 슬그머니 미소를 지었다.

그녀가 위로하듯 말했다.

"아직 아무것도 안 정해졌잖아요. 너무 신경 쓰지 말아요."

"알고 있어. 그리고 당신 생각만큼 많이 신경 쓰는 건 아니야."

괜스레 툴툴거리는 천무진의 모습에 백아린의 입가에 걸려 있던 미소가 더욱 진해졌다. 그런 그녀를 보며 천무진이 물었다.

"왜 그렇게 자꾸 웃어?"

"그냥 많이 변하신 것 같아서요. 저한테 이렇게 솔직히 감정을 드러내는 사람이 아니었잖아요."

"변한 게 나쁜가. 당신도, 다른 두 사람도 다들 변한 건 비슷해 보이는데."

정체가 걸릴 위험이 있었던 것도 아닌데도 불구하고 스스로 정체를 밝혔던 백아린이다. 처음과 달라진 건 비단 자신뿐만이 아니었다.

그녀가 입을 열었다.

"떠나야 할 것 같다면 어쩔 생각이에요?"

"……보내 줘야겠지."

"이렇게 아쉬워하면서요?"

"그 정도는 아니라니까."

다시 한번 퉁명스레 말한 천무진이 이내 방금 전까지 단엽이 자리하고 있던 장소를 바라봤다.

그러고는 곧 천천히 말을 이었다.

"만약 떠나야 할 것 같다는 결론을 내린다 해도 그건 신중하게 생각하고 내린 대답일 테니까. 저놈이 겉보기엔 가벼워 보이지만 진짜는 그 반대라는 걸 당신도 알잖아."

천무진의 말에 백아린은 고개를 끄덕였다.

항상 유쾌해 보이고 장난기 가득한 단엽, 하지만 그의 속까지 가벼운 건 아니었다. 특히나 이런 결정이라면 더더욱 심사숙고를 할 것이 분명했다.

이런 대화를 이어 나가는 것이 어색했는지 천무진이 갑자기 자리에서 벌떡 일어났다.

그러고는 곧바로 창가 쪽으로 다가가 괜스레 바깥의 풍경을 살피며 서 있는 그때였다.

백아린이 양손을 입 근처에 가져다 댄 채로 장난스럽게 그를 불렀다.

"저기요."

"……."

"저기요~ 거기 창가에 계신 분."

못 들은 척하는데도 불구하고 재차 자신을 부르는 목소리에 결국 천무진이 그쪽으로 시선을 돌렸다. 그곳에는 여전히 침상에 걸터앉은 채로 웃고 있는 백아린이 있었다.

그녀가 웃는 얼굴로 말했다.

"난 여기 있을게요."

백아린의 그 한마디에 천무진이 당황한 듯 되물었다.

"……뭐?"

"난 여기에 있을 거라고요. 당신이 가라고 하기 전까지는 죽어도 안 떨어질 거예요."

백아린의 말에 천무진은 잠시 아무런 말도 하지 못했다.

그녀가 왜 이런 말을 하는지 너무도 잘 알고 있었다. 그랬기에 고마웠고, 또 한편으로는 왠지 모르게 쑥스러웠다.

천무진은 자신에게 향해 있는 백아린의 시선을 슬그머니 피하며 다시 창밖을 응시하기 시작했다.

그러고는 이내 슬쩍 말을 흘렸다.

"그런 말 함부로 안 하는 게 좋을걸. 그러다가 내가 평생 잡아 두면 어쩌려고 그래."

괜스레 창밖을 바라보며 던진 천무진의 그 한마디.

그리고 그 말에 백아린이 천무진의 옆모습을 지그시 바라보며 천천히 말을 받았다.

"그럼…… 평생 옆에 있죠, 뭐."

생각지도 못한 백아린의 그 한마디에 당황한 천무진이 황급히 손으로 입가를 가렸다.

그렇지 않았다면…… 순간 붉어진 얼굴을 감추지 못했을 테니까.

*　　　　*　　　　*

이야기를 끝내고 움직였던 단엽은 한천에게 끌려가 그의 방에 자리하게 됐다.

단엽이 불만스러운 목소리로 말했다.

"아니 나 피곤하다니까."

그런 단엽의 말에는 아랑곳하지 않고 한천은 침상 옆에 있는 틈으로 손을 들이밀었다.

그러고는…….

"짜잔."

"……뭐냐 그게?"

방금 전까지만 해도 귀찮은 기색이 역력한 표정을 지어 보이던 단엽의 눈동자가 갑자기 장난감을 선물 받은 어린

아이처럼 빛났다.

한천의 손에는 딱 봐도 값비싸 보이는 호리병이 하나 들려 있었다.

눈을 빛내는 단엽을 바라보며 자리에 앉은 한천이 자신만만한 목소리로 말했다.

"뭐긴 뭐겠냐. 적명주(赤明酒)다."

적명주라는 말을 듣기 무섭게 단엽이 한천의 맞은편에 착석했다. 그가 탁자 위에 놓인 빈 잔 하나를 들어 올린 채로 다급히 말했다.

"뭐 해, 빨리 주지 않고."

단엽의 재촉에 한천은 곧바로 호리병에 담겨 있는 적명주를 잔에 따랐다. 이름처럼 붉은빛을 머금은 술이 천천히 잔을 채웠다.

동시에 방 안에는 은은한 꽃향기가 퍼져 나갔다.

잔에 채워 준 적명주를 단숨에 들이켠 단엽이 눈을 동그랗게 치켜떴다. 그가 입맛을 다시며 중얼거렸다.

"이거 완전 상급(上級)인데?"

적명주는 중원에 이름을 떨치는 명주 중 하나다.

하지만 워낙 구하기가 힘든 데다, 가격도 만만치 않아 쉽사리 접하기 힘든 술이었다.

거기다가 같은 적명주라고 해도 각각의 등급에 따라 그

깊이는 천차만별이었는데, 지금 한천이 준 건 여태 먹어 왔던 것들 중에서도 최고였다.

단엽이 물었다.

"이거 구하는 게 보통 어려운 일이 아닌데 어떻게 구한 거냐?"

"야, 내가 괜히 적화신루의 부총관인 줄 아냐. 정보 하나는 빠삭하단 말이지."

"큭큭, 백아린이 네가 이런 데 적화신루의 정보력을 쓰고 있다는 걸 알면 뒷목 잡겠는데."

"……이건 우리 둘만의 비밀이다. 알지?"

한천이 실실 웃으며 말하자 다시금 잔을 내민 단엽이 어깨를 으쓱하며 답했다.

"글쎄. 한 잔 더 주면 생각해 보지."

"쯧, 하여튼 욕심하고는. 옛다."

허나 말과는 다르게 한천은 웃는 얼굴로 단엽의 빈 잔을 채워 줬다.

다시금 자신의 잔에 찬 적명주를 마시는 단엽의 모습을 살피던 한천 또한 마찬가지로 한 잔을 따라 들이켰다. 목구멍을 타고 넘어가는 적명주 특유의 감촉과 향이 사람을 기분 좋게 만들어 줬다.

한천이 짧게 탄성을 토해 냈다.

"크, 이거 비싼 값을 하는 술이네."

말과 함께 잔을 내려놓은 한천이 슬그머니 단엽에게 물었다.

"그런데 기분은 좀 어때?"

"갑자기 웬 기분?"

"아니, 그냥 어떤가 해서."

"좋은 술 마시는데 당연히 최고지 인마. 극락이 따로 없다."

단엽이 실실 웃으며 유쾌하게 말을 받아칠 때였다.

한천이 흘리듯 말을 던졌다.

"네가 떠날지도 모른다니까 천 공자님이 많이 아쉬워하는 것 같던데."

"……."

한천의 그 말에 단엽은 아무런 말도 하지 못했다. 아까 전 천무진과 단엽 둘 사이에 흐르던 묘하고, 길었던 침묵. 별다른 말은 없었지만, 그것만으로 천무진의 말은 들은 거나 다름없었다.

아무런 대답도 하지 않는 단엽을 바라보던 한천이 조용히 빈 잔에다가 술병을 기울였다.

쪼르르르.

다시금 차오른 술잔을 확 꺾어 마신 단엽이 소매로 입가를 닦아 냈다.

술잔을 손가락으로 가볍게 어루만지던 단엽이 작게 중얼거렸다.

"나도…… 마찬가지라고."

*   *   *

마교의 모든 일을 전담하고 있는 십천야인 양사창은 오늘 기다렸던 손님을 마주하게 되었다.

다름 아닌 소교주 악준기를 죽이기 위한 흑사오공을 가지고 온 주란의 수하였다.

주란은 이미 천무진 일행에게 얼굴이 알려져 있었기에, 위험 지역인 이곳 마교에 들어오는 선택을 피했다.

그랬기에 이곳 근처까지는 동행했지만 정작 양사창을 만나러 온 건 그녀의 수하였다.

평범해 보이는 외관의 사내가 방으로 들어서는 양사창을 발견하고는 벌떡 일어나 포권을 취했다.

"양 대협을 뵙습니다."

"인사는 됐어. 그보다 물건은?"

"여기 있습니다."

양사창의 물음에 사내는 곧장 품 안에 챙기고 있던 나무 상자를 꺼내어 들었다.

주먹보다 조그마한 크기의 자그마한 나무 상자를 건네받은 양사창은 내용물을 확인하려는 듯 슬쩍 뚜껑을 열었다.

그리고 그 안에는 부탁했던 흑사오공이 자리하고 있었다.

새카만 몸통을 지닌 지네인 흑사오공을 확인하자 양사창의 입가에 미소가 감돌았다.

그가 나지막이 중얼거렸다.

"꽤나 상태가 좋은 녀석이군."

양사창이 굳이 번거롭게 주란을 통해 사천당문에서 이 흑사오공을 받아 온 건 그저 만약의 상황에 그들에게 죄를 뒤집어씌우기 위함만은 아니었다.

표적인 소교주 악준기 때문이다.

어릴 때부터 복용한 엄청난 수준의 영약들, 거기다가 뛰어난 수준의 무공을 가지고 있는 탓에 웬만한 독으로는 그의 내성을 뚫을 수 없었다.

그 말은 곧 거의 만독불침에 가까운 신체를 가지게 됐다는 소리다.

그런 악준기의 내성을 뚫고 목숨에 치명적 위해를 가할 수 있는 독은 몇 가지 되지 않았다. 그리고 개중 하나가 바로 이 흑사오공이었다.

물론 다른 방식으로도 구할 수 있었으나 그랬다면 지금보다 몇 곱절의 시간은 걸렸을 테고, 물건의 상태도 확실하지 않았다. 그래서 양사창은 가장 확실하고 빠르게 흑사오공을 획득하기 위해 사천당문에서 직접 가지고 오게끔 시킨 것이다.

그리고 일이 들통났을 경우 뒤집어씌울 수도 있으니 그야말로 일석이조가 아닐 수 없었다.

사천당문 쪽에서 이 독이 흘러나온 사실이 들통난다면 과연 어찌 될까?

어차피 마교 교주인 악자헌을 마음대로 조종할 수 있는 상태다. 그 와중에 이런 증거까지 나온다면…… 원하기만 한다면 정마대전을 일으키는 것도 어려운 일이 아니었다.

그토록 기다렸던 흑사오공은 마침내 손에 넣었다.

그렇다면 이제 남은 건 이걸 이용해 어떻게 악준기를 죽이느냐인데…….

'마교 내부에서 죽이는 건 아무래도 어렵지.'

이곳 본거지에서 소교주를 죽이는 건 무척이나 힘들뿐더러, 설령 성공시킨다 해도 뒤처리가 어렵다.

거기다가 많은 변수 또한 계산해야 했다.

흑사오공은 치명적인 극독을 지니고 있다. 하지만 그 상대가 소교주 악준기다. 어릴 때부터 수많은 영약을 먹으며 독에 대한 많은 내성을 지니게 된 자라는 소리다.

만약에 그가 흑사오공에 당하고도 일정 시간을 버텨 낸다면?

아마도 마교에 있는 모든 의원들이 그의 치료를 위해 달려들 게다. 의원들 중 해독약을 가진 누군가가 있다면 결국 이 모든 준비들은 수포로 돌아가게 된다.

'역시 마교 외부로 나갔을 때 제거해야 할 것 같은데 말이야.'

생각에 잠겨 있던 양사창은 이내 옆에 있던 종이 한 장을 꺼내어 들었다. 그 종이에는 악준기의 며칠간 일정에 대해 자세히 적혀 있었다.

외성으로 나가는 일은 꽤나 빈번했지만, 이것만으로도 확실치 않다 여겨졌다. 보다 확실한 기회를 찾아야만 했다.

아예 마교 바깥으로 나가는 일정이 있다면 그보다 좋은 상황은 없을 터.

그렇게 종이 안에 적힌 일정들을 더욱 꼼꼼히 확인하던 양사창의 눈동자가 꿈틀했다.

"호오."

나지막한 탄성.

그의 시선은 종이 한 곳에 적혀 있는 악준기의 일정에 틀어박혀 있었다. 생각해 보니 악준기는 서너 달에 한 번씩 마교 바깥으로 나갔다.

어지간하면 외부로의 출입을 자제하는 그이지만 주기적인 이 외출만큼은 항상 지켜 왔다.

악준기가 외부로 가는 이유는 다름 아닌 그의 오랜 스승을 만나기 위해서다.

백락신군(魄落神君) 초은산(草恩山).

마교 교주조차도 어려워한다는 노고수로, 악준기가 어렸을 때부터 그에게 많은 걸 가르쳐 준 스승이기도 했다.

그랬기에 나이를 먹은 지금까지도 종종 찾아가 인사를 전하고, 또한 무(武)에 대한 대담을 나누는 상대였다.

물론 초은산이 머무는 곳이 마교에서 그리 많이 떨어진 장소는 아니었다.

그의 거처는 마교 외성을 벗어나 고작 두 시진 반 정도 걸리는 위치에 자리하고 있었으니까.

실질적으로는 마교 내부와 크게 다를 것 없을 정도로 가까운 위치긴 했지만…….

양사창이 만족스러운 얼굴로 고개를 끄덕였다.

"그래, 이날이 좋겠군."

거사를 확정 지은 그를 향해 주란의 명으로 흑사오공을 가지고 온 사내가 물었다.

"더 도와드릴 일은 없습니까?"

"잠시만 기다려."

말을 마친 양사창은 옆에 있는 종이 위에 뭔가를 끼적였다.

그러고는 이내 그걸 사내에게 내밀었다.

"이쪽에서도 추가적인 병력을 움직일 생각이야. 그러니 서찰에 적힌 건 그쪽에게 부탁하지."

"알겠습니다, 양 대협."

말을 마친 사내는 서둘러 방에서 빠져나갔다.

홀로 남게 된 양사창은 옆에 놓인 소교주의 일정이 적혀 있는 종이를 다시금 확인했다.

악준기를 죽이기 위해 흑사오공을 준비했다.

이것이 극독이긴 하지만 그렇다고 해서 이것에 전부를 의지하는 건 아니었다.

독에 중독당하고도 버틸 수 있을 테고, 분명 수하들도 대동할 터이니 희박한 확률이긴 하나 살아날 가능성 또한 배제할 수 없었으니까.

허나 그렇다고 한들 악준기는 살아남지 못할 것이다.

그런 상황을 대비한 비책들까지도 준비할 테니까.

'항상 사오십 명 정도의 수하들을 대동한 채로 움직였지.'

매번 비슷한 행렬로 움직였으니 이번에도 크게 다르지는 않을 터. 그랬기에 양사창은 마교 곳곳에 자리하고 있는 십천야 휘하의 이들을 움직일 계획이었다.

이번 기회를 놓치지 않고 소교주의 숨통을 완벽하게 끊어 내기 위해서.

흑사오공이 들어 있는 나무 상자의 뚜껑을 덮은 양사창의 시선이 이내 다른 곳에 놓아둔 항아리로 향했다.

양사창은 준비시켜 놓았던 항아리를 열었고, 그 안에는 어떤 가루가 가득했다.

이 가루의 정체는 다름 아닌 감의 씨앗을 으깬 것이었다.

그리고 이건…….

흑사오공이 담긴 나무 상자를 손가락으로 가볍게 두드리며 양사창이 재미있다는 듯 중얼거렸다.

"이 녀석들이 환장을 하는 가루지."

소교주 악준기 암살 계획.

그 계획이 조금씩 시작되고 있었다.

*   *   *

악준기는 아침부터 무척이나 바삐 움직이고 있었다.

특히나 오늘은 마교 외부로 나갈 일도 있는지라 그 전에 최대한 많은 일을 처리해야만 했다. 이미 마교의 많은 부분에 관여하고, 또 개인적으로도 할 일이 많은 그의 하루는 언제나 바빴다.

오전 중에 일 처리를 끝낸 그가 자리에 앉은 채로 잠시 숨을 돌리고 있었다.

"휴우."

"고생하셨습니다, 소교주님."

옆에 자리한 채로 악준기에게 말을 거는 인물은 수라검마 파융이었다.

그의 최측근 중 하나이자 마교에 온 천무진 일행을 거처에 안내해 줬던 인물이기도 하다.

파융을 올려다본 채로 악준기가 손사래 치며 말했다.

"고생은 무슨. 당연히 해야 할 일을 한 것뿐인데."

담담하게 말을 내뱉는 악준기를 파융은 존경 어린 시선으로 바라봤다.

자신보다 어린 사내, 그렇지만 파융은 그를 진심으로 존경했다.

어린 나이 때부터 마교의 수많은 대소사에 관여하며 모든 걸 훌륭하게 처리해 온 악준기였으니까.

파융을 향해 악준기가 물었다.

"떠날 행렬은? 다 준비됐는가, 파 대주?"

"물론입니다. 이번에도 저희 마극파천대가 소교주님을 모실 예정입니다."

"그렇게 해. 그럼 바로 갈까?"

말을 마치고 벌떡 일어나는 악준기를 향해 파융이 서둘러 말했다.

"아직 점심을 드시지 않으셨습니다. 식사는 하시고 출발하심이……."

"됐어. 스승님을 뵙고 함께하지."

"알겠습니다. 서두르도록 하지요."

내성에서부터 움직이면 세 시진 이상은 족히 걸리는 거리기에 끼니도 거르고 움직이는 것이 걸리긴 했지만, 그래도 서둘러 다녀오고자 하는 악준기의 마음을 알기에 파융 또한 더는 자신의 생각을 밀어붙이지 않았다.

파융은 악준기를 모시며 곧바로 수하들을 대기시켜 놓은 장소로 향했다.

그리고 그곳에는 이미 언제라도 출발할 수 있도록 모든 준비가 마쳐져 있는 상태였다.

마교 외부로 같이 나갈 일행들과 만나자 악준기는 여태 뒤편을 쫓고 있던 수하들에게 명령을 내렸다.

"오늘 고생들 했다. 다들 각자 거처에 가서 쉬고 있어."

"명 받듭니다!"

조용히 뒤를 따르던 열 명가량의 수하들은 곧바로 악준기의 명령대로 시야에서 사라졌다.

파융이 곧장 말했다.

"타시지요."

"그러지."

고개를 끄덕인 악준기는 준비되어져 있는 마차에 올라탔다.

그리고 뒤이어 파융 또한 마차에 자리했다.

자리에 앉은 악준기가 고개를 끄덕이자 파융은 곧바로 바깥에 대기하고 있는 수하들을 향해 명령을 내렸다.

"출발한다! 마교 인근이라고는 하지만 끝까지 긴장들 풀지 말도록!"

"옙, 대주님."

짧게 대답한 수하들은 선두에서부터 천천히 움직이기 시작했다.

그렇게 악준기를 호위한 마극파천대는 익숙하게 목적지를 향해 나아갔다.

순식간에 외성과 내성을 벗어난 악준기의 행렬은 곧장 백락신군 초은산이 기거하는 거처를 향해 움직였다.

그렇게 외성을 벗어나 약 한 시진 반 가까이의 시간이 지났을 무렵이었다.

선두에서 빠르게 달려 나가던 무인이 다급히 말을 멈추며 소리쳤다.

"워워! 대기!"

사내의 고함 소리에 뒤따르던 무인들 모두가 달리던 말을 멈춰 세웠다.

덩달아 빠르게 나아가던 마차 또한 멈출 수밖에 없었다.

마차의 창문을 열고 바깥으로 고개를 내민 파융이 상황을 확인했다.

그러자 이내 선두에서 상황을 파악한 무인이 말에서 내리고는 두 사람이 타고 있는 마차로 다가왔다.

파융이 물었다.

"무슨 일이지?"

"대주님, 앞에 길이 엉망입니다. 무슨 일이 있었는지 출입 금지 팻말까지 있더군요."

"그래?"

말을 마친 파융은 멀리 떨어진 길목을 확인했다. 그곳 인근에는 굵은 밧줄이 걸려 있었고, 그 아래에 달린 나무 조각에는 붉은 글씨로 출입 금지를 뜻하는 글씨가 적혀져 있었다.

파융이 슬쩍 고개를 돌려 정면에 무덤덤하게 앉아 있는 악준기에게 물었다.

"소교주님 어떻게 할까요?"

"어쩌긴. 옆에 길로 움직이지."

초은산의 거처로 가는 길목은 이곳 하나가 아니었다. 아주 조금 돌아가긴 하지만 시간 차이가 별로 나지 않는 다른 길도 있었다.

그리고 실제로 그 길로도 몇 번 가 본 적이 있었기에 그리 특별한 일도 아니었다.

명령을 전달받은 파융이 곧장 고개를 끄덕였다.

"그리하겠습니다."

대답을 끝낸 그는 마차에 다가와 있는 수하를 향해 말했다.

"다른 길로 간다."

"……예, 대주님."

말과 함께 수하가 슬그머니 마차에 가져다 대고 있던 손을 떼었다.

그렇게 몸을 돌린 수하.

그의 눈동자에 정체 모를 이채가 감돌았다.

그리고 놀랍게도 그 수하가 손을 떼는 순간 마차 내부에 있던 자그마한 공간에 구멍이 열렸다.

그건 좌석의 발아래 쪽에 위치한 공간이었는데 크기도 작고, 위치 또한 의자로 가려져 있는지라 육안으로 확인하기에는 어려웠다.

그렇게 정체 모를 일이 벌어진 와중에 마차는 방향을 틀어 다른 길을 통해 목적지로 달려가기 시작했다.

얼추 일 각가량을 더 달렸을까?

스스스스.

어두운 구멍을 통해 검은 몸통의 벌레 하나가 기어 나오고 있었다.

검은 몸통에 붉은 다리를 지닌 지네.

그 지네의 정체는 바로 소교주를 죽이기 위해 준비된 흑사오공이었다.

지독한 독을 품은 흑사오공이 곧장 소교주 악준기의 발을 향해 움직였다.

10장. 흑사오공
— 마차를 지켜라

　마차 안에 자리하고 있는 건 소교주 악준기뿐만이 아니었다. 그는 자신의 최측근인 파용과 동승하고 있었으니까.

　그럼에도 불구하고 흑사오공이 정확하게 악준기를 향해 달려드는 건 단순한 우연이 아니었다.

　그의 의복에 묻어 있는 감 씨 가루, 그것이 문제였다.

　흑사오공이 좋아하는 감 씨 가루를 미리 악준기의 의복과 신발에 묻혀 놨고, 흑사오공은 자연스레 그 향기가 이끄는 곳으로 움직일 수밖에 없었다.

　십천야의 일원인 양사창이 꾸민 계획.

그리고 계획은 그의 생각대로 진행되었다. 순식간에 악준기에게 다가간 흑사오공이 신발을 타고 올라가 드러나 있는 그의 살점으로 다가갔다.

자리에 앉은 채로 파융과 대화를 나누고 있던 악준기가 움찔했다.

미묘한 표정의 변화였지만 파융은 그걸 놓치지 않았다.

"소교주님 왜 그러십니까?"

그 순간 악준기의 손이 움직였다.

파앗!

발목을 향해 휘둘러진 그의 손바닥이 정확하게 그곳에 자리 잡고 있던 흑사오공을 쳐 냈다.

툭.

손바닥에 맞고 날아가 그대로 죽어 버린 흑사오공.

그걸 확인한 파융이 놀란 듯 중얼거렸다.

"이건 지네가 아닙니까? 왜 지네가……."

하지만 파융의 말은 이어지지 못했다.

다급히 흑사오공을 쳐 낸 악준기가 손으로 입을 틀어막는 모습을 보았기 때문이다.

"크읍!"

고통에 찬 비명 소리.

그가 입을 틀어막은 채로 사시나무 떨듯이 부들거리기

시작했다. 갑작스러운 악준기의 상태 변화에 파융이 놀란 듯 자리를 박차고 일어나 그에게 다가갔다.

"소, 소교주님 괜찮으십니까?

허나 대답 대신 악준기의 입에선 틀어막은 손가락 사이로 피가 푹 하고 터져 나왔다. 그걸 본 파융의 얼굴은 사색이 될 수밖에 없었다.

굳이 왜 악준기가 피를 쏟아 내는지는 고민할 필요도 없었다.

파융의 시선이 마차의 한쪽으로 날아가 죽어 버린 지네에게로 향했다.

'독이다!'

흑사오공은 쉽사리 볼 수 있는 종류의 것이 아니었기에 파융은 그게 뭔지 알아차리지는 못했다. 허나 피를 토하는 악준기의 모습, 그리고 한눈에 봐도 위험해 보이는 지네의 외관까지.

지금 상황이 어떠한 이유로 벌어졌는지 가늠하는 건 그리 어렵지 않았다.

악준기의 상태가 좋지 않다는 걸 알아차린 파융이 서둘러 창을 통해 바깥에 있는 수하들에게 소리쳤다.

"모두들 멈춰라!"

파융의 다급한 명령에 빠르게 달려 나가던 마차가 순식

간에 멈춰 섰다. 그리고 동시에 마차를 호위한 채로 움직이고 있던 무인들 또한 서둘러 경계 태세로 전환했다.

마차를 멈춰 세운 파용이 서둘러 악준기에게 물었다.

"괜찮으십니까?"

"……아직은 버틸 만해."

말은 그리 내뱉었지만 악준기의 얼굴엔 핏기가 없었다. 파용이 서둘러 그의 몸 상태를 확인하려 했지만 악준기가 작게 고개를 저었다.

그러곤 힘겨운 목소리로 말했다.

"이곳은 위험하다. 서둘러 움직여."

숨을 헐떡일 정도로 고통스러워했지만 그럼에도 불구하고 악준기는 침착하게 명령을 내렸다. 그의 상태가 걱정스러웠는지 파용이 표정을 구긴 채로 입을 열었다.

"하지만 이런 몸 상태론……."

"아직도 모르겠느냐? 이것이 진짜 나를 노린 거라면 그들이 원하는 것이 무엇일지를."

악준기의 한마디에 파용은 그제야 그가 하고자 하는 말의 의미를 알아차렸다. 이 정체불명의 지네가 소교주를 노렸던 거라면 여기서 끝이 아니라는 소리다.

파용이 안색을 굳혔다.

'감히 누가 이곳 마교의 앞마당에서……!'

마교와 다소 떨어져 있다고는 하지만 이곳은 자신들의 구역이나 다름없었다. 그런 장소에서 적의를 드러냈다는 건 그만큼 쉽게 끝낼 생각이 없다는 걸 의미하는 바.

서둘러 이곳을 떠야 했다.

파융이 곧바로 답했다.

"즉시 마교로 돌아가도록 하겠습니다."

말을 끝내고 바깥에 명령을 내리려는 찰나였다.

슈욱!

날아드는 하나의 화살을 알아차린 파융이 서둘러 몸을 비트는 것과 동시에 손을 움직였다.

파앙.

손아귀에 잡힌 화살이 부르르 떨려 왔다.

하지만 그것이 끝이 아니었다.

"적이다!"

인근을 호위하고 있던 수하들의 외침 소리처럼 주변에서 수많은 인원들이 모습을 드러냈다. 하나같이 흑의에 복면을 착용한 그들이 숲길 곳곳에 위치한 나무들 사이에서 걸어 나오고 있었다.

그걸 확인한 파융이 나지막이 중얼거렸다.

"이런 망할……"

슬쩍 모습을 드러낸 이들의 숫자만 해도 얼추 백여 명은

홀쩍 넘어 보였다. 그에 비해 자신들의 숫자는 채 절반에도 미치지 못했다.

하지만 가장 큰 문제는 머릿수의 차이가 아니었다.

자신의 바로 옆에서 독에 중독당한 채로 허덕이는 소교주 악준기. 그의 안위가 문제였다.

'이곳에서 시간을 끌다가는 소교주님이 위험하시다.'

서둘러 악준기를 데리고 이곳을 빠져나가는 것, 그것이 지금의 파융에게는 최선의 과제일 수밖에 없었다.

파융이 서둘러 소리쳤다.

"소교주님을 지켜라!"

생각지도 못한 적들의 등장에 잠시 당황하는 기색은 보였지만 이들은 파융이 이끄는 마극파천대의 무인들이었다.

뛰어난 무인들로 구성된 단체답게 그들은 누가 먼저라고 할 것도 없이 진열을 정비했다.

순식간에 소교주의 마차를 겹겹이 지키고 선 그들은 무기를 꺼내어 든 채로 다가오는 상대를 맞이했다. 서서히 다가오던 정체불명의 습격자들.

그들을 이끌고 있던 자가 짧게 명령을 내렸다.

"쳐라."

그 말과 함께 모습을 드러낸 괴한들이 동시에 소교주 일행을 덮쳤다.

카카카캉!

사방에서 무기들이 충돌하는 소리가 울렸고, 파융은 마차에 앉은 채로 그 싸움을 보고만 있을 수밖에 없었다.

싸움을 지켜보던 파융의 안색이 조금씩 굳어졌다.

'……좋지 않아.'

자신들을 기습한 괴한들의 실력이 생각보다 너무나 뛰어났다. 그냥 어중이떠중이 같은 살수 집단이 아닌 제대로 훈련받은 무인들이 분명했다.

숫자 또한 갑절 이상 차이가 났기에 마극파천대의 진열이 순식간에 무너지고 있었다.

거기다가 개중 일부는 마극파천대의 일반 무인들이 감당하기에는 너무 뛰어난 수준이었다. 그들을 막기 위해서는 파융이 직접 움직여야 했지만, 그러기에는 악준기가 위험해질 수도 있었다.

하지만 그렇다고 해서 이대로 이 싸움을 관망만 하고 있을 순 없었다.

그랬다가는 결국 마극파천대의 무인들 모두가 전멸할 것이고, 그 뒤의 상황이 어찌 될지는 굳이 생각할 필요도 없었다.

결국 싸움을 보고만 있던 파융은 결단을 내렸다.

'……소교주님을 지킨다.'

그 하나의 목적을 위해 자신의 목숨은 아예 안중에서 지웠다.

파용이 막 고개를 돌렸을 때 악준기의 입을 틀어막은 손가락 사이로 재차 피가 흘러내렸다. 그 모습을 보자니 파용의 결심은 더욱 확고해졌다.

그가 입을 열었다.

"소교주님."

"……."

대답을 하는 것조차 힘든지 그저 시선으로 답을 하는 그에게 파용이 포권을 취했다. 그런 파용의 모습에 악준기의 눈동자가 크게 떠지는 그때였다.

파용이 말했다.

"소교주님을 모시는 건 여기까지인 듯싶습니다."

"……무슨 뜻인가."

간신히 물어 오는 악준기의 질문에 파용은 답하지 않았다. 대신 씩 웃어 보인 그는 마차 문을 열고 성큼 바깥에 내려섰다.

그가 싸움에 한창인 수하들을 향해 버럭 소리쳤다.

"삼 조와 사 조! 싸움에서 빠져 소교주님을 호위하라!"

이미 실력이나 머리 숫자 양쪽에서 밀리며 점점 불리해

지던 상황이다. 그런 상황에서 두 개 조인 열 명이 넘는 무인들에게 뒤편으로 움직이라는 명령을 내린 것이다.

당연히 그들이 뒤로 빠지는 것과 동시에 아까와는 비교도 되지 않을 만큼 빠른 속도로 진형이 무너져 내렸다.

이대로 가다가는 모두가 죽을 것이 자명한 사실.

허나 파옹의 선택은 이것이었다.

그가 흔들림 없는 목소리로 소리쳤다.

"빠진 조들을 제외한 모두는 나를 따르라! 우리는 이곳에서 소교주님이 도망치실 수 있는 시간을 번다!"

죽을 수밖에 없는 선택이라는 건 잘 안다.

하지만 그렇다고 해도 망설일 이유는 없었다.

소교주를 위해 살았고, 죽을 때도 그를 위해 죽는다. 그런 자신의 선택에 한 점 후회도, 미련도 없었다. 그리고 그같은 상관의 명령에 힘겹게 버티고 서 있던 마극파천대 무인들의 눈에도 짙은 투기가 맴돌았다.

열린 문을 통해 바깥 상황을 확인하던 악준기가 어렵게 입을 열었다.

"너희들⋯⋯."

그 순간 뒤편으로 빠져 소교주를 호위하는 이들을 향해 파옹이 버럭 소리쳤다.

"뭣들 하는 게냐! 어서 모셔라!"

명령을 마친 파용은 마차 안에 자리한 악준기에게 슬쩍
시선을 돌렸다.

오랜 시간 모셔 왔던 상관이다.

'……반드시 살아남으셔서 대업을 완성시키시길 바랍니
다.'

흔들리는 마교를 지켜 내기 위해서는 그의 힘이 필요했
다. 소교주가 죽는 순간 마교의 운명 또한 바람 앞의 촛불
이 될 거라는 걸 잘 알았다.

파용의 명령에 악준기가 탄 마차를 호위하던 무인들이
서둘러 움직였다.

"돌파한다!"

수하 하나의 외침과 함께 마차가 빠른 속도로 움직이기
시작했다.

그리고 그와 반대로 악준기를 지키기 위해 버티고 선 파
용과 마극파천대의 무인들은 달려드는 적들을 향해 걸음을
옮겼다.

그런 파용을 향해 복면을 쓴 괴한들 중 하나가 빠른 속도
로 접근했다.

슈슈슉!

그가 내뻗은 검이 파용의 목을 노리고 날아들었다. 하지
만 파용은 너무도 쉽게 그 공격을 옆으로 흘렸다. 동시에

그는 손으로 상대의 목을 꺾어 버렸다.

쓰러지는 복면인의 시체를 밟고 넘어서며 파융은 짙은 살기를 뿜어냈다.

적들을 향해 성큼성큼 다가서던 파융이 말했다.

"덤벼라, 애송이들아."

마차는 계속해서 달리고 있었다.

적들에게 습격당할 위험도 있었지만, 악준기가 독에 중독당한 탓에 서둘러 마교로 돌아가야만 하는 상황이었다.

열네 명으로 구성된 호위대가 마차를 지키며 빠르게 움직이던 와중.

그들 중 누군가의 눈동자가 빠르게 움직이고 있었다.

주변의 눈치를 살피며 뭔가를 확인하고 있는 그 사내는 다름 아닌 마차 안 비밀 공간에 감춰져 있던 흑사오공이 나오도록 만든 자였다.

마극파천대의 무인이었지만 그는 십천야에서 심어 둔 간자 중 하나였다.

달리고 있는 주변에는 단 한 명의 적도 보이지 않았다. 뒤편에 남은 파융과 마극파천대 무인들이 완벽하게 길을 틀어막아 준 덕분이리라.

소교주를 죽이기 위해 준비된 작전들.

당장의 상황만 봐서는 그 계획이 무위로 돌아간 듯 보였다. 허나 상황이 이리 흘러가고 있음에도 불구하고 그자의 얼굴에서는 전혀 당혹감이 느껴지지 않았다.

그 이유는 몇 가지 믿는 구석이 있어서였다.

첫 번째는 바로 악준기를 문 흑사오공의 독성이다. 제아무리 악준기라 한들 그 지독한 독을 버텨 내는 건 한계가 있었다.

시간 내에 도착하지 못한다면 죽음을 맞는 건 기정사실이었다.

그리고 당황하지 않는 두 번째 이유.

그건 바로…… 애초에 이같이 악준기가 도망칠 거라는 사실을 미리 예상해 두었다는 것이다.

사전에 예상한 일이었다는 건 곧 그에 맞는 대응책 또한 준비했다는 의미였다.

악준기의 숨통을 확실하게 끊기 위해 준비한 마지막 계획이 있었다.

선두에서 달리던 사내가 주변에서 함께 움직이는 이들을 힐끔 쳐다보더니 슬쩍 입꼬리를 올렸다.

'후후. 멍청들 하긴. 지금 자신들이 호랑이 굴로 들어가는 줄도 모르고.'

처음부터 여정을 나온 소교주 일행의 길 안내를 하던 건 자신이었다. 자연스레 지금 또한 선두에서 일행들을 안내하고 있는 중이었다.

마교가 있는 방향으로 움직이고는 있었지만…….

소교주를 호위하는 일행들과 함께 달려 나가던 사내의 눈동자가 어느 장소에 이르는 때였다.

피잉!

파공음과 함께 몇 개의 커다란 창이 하늘 위에서 떨어져 내렸다.

파바박!

강렬한 소리와 함께 땅에 틀어박힌 창이 마치 감옥의 쇠창살처럼 길목을 막아섰다.

애초에 누군가를 노리고 날아든 공격은 아니었기에 피해를 입은 이들은 없었지만, 재빨리 움직이던 마극파천대의 무인들을 멈춰 세우는 것에는 성공했다.

누군가가 서둘러 소리쳤다.

"마차를 지켜라!"

명령이 떨어지는 그 순간 선두에 있던 내부의 간자는 서둘러 마차 바로 옆에 다가가 붙었다.

재빨리 전열을 정비하는 그때 기다렸다는 듯 일련의 무리가 모습을 드러냈다. 그리고 그 선두에는 길을 막아서게끔 커다란 창을 던진 한 사내가 위풍당당하게 다가오고 있었다.

이번 일을 꾸민 범인이자 십천야의 일원.

양사창이었다.

복면을 쓴 채로 나타난 그가 자신을 경계하고 있는 마극파천대의 무인들을 보며 픽 하고 웃음을 흘렸다.

양사창이 입을 열었다.

"이걸 어쩌지? 여기까지 오느라 꽤나 고생들 했을 터인데…… 이리 죽게 돼서 말이야."

그 말과 함께 양사창의 무리들이 나타난 곳을 제외한 나머지 방향에서도 적들이 하나둘씩 나타나기 시작했다.

순식간에 포위를 당한 걸 깨달은 마극파천대 무인들의 안색이 굳어졌다.

양사창이 굳게 문이 닫혀 있는 마차를 향해 소리쳤다.

"소교주님! 언제까지 그리 숨어 있으실 생각이십니까! 슬슬 그 잘난 얼굴을 보이시지요!"

비웃음 가득한 그 외침에 마극파천대 무인들이 이를 악물었다.

상황이 좋지 않다는 걸 잘 알았지만, 이 와중에서도 어떻게든 악준기를 지키고 이곳을 돌파하는 것이 자신들의 임무였다.

그렇게 그들이 각자의 무기를 빼 든 채로 길을 트기 위해 움직이려던 그때.

양사창이 손가락을 퉁기며 말했다.

"끌고 나와."

그 말이 떨어지는 찰나였다.

마차 바로 옆에 자리한 채로 마극파천대 무인들 사이에 자리하고 있던 간자가 갑자기 움직였다. 그는 곧바로 마차 문을 열었고, 이내 손을 뻗어 안쪽에 자리하고 있던 악준기를 바깥으로 끄집어낸 것이다.

전혀 예상하지 못했던 일이었기에 마극파천대 무인들은 아무런 대응조차 하지 못했다.

"상유! 네, 네놈이 지금 무슨 짓을……!"

마극파천대 무인들 중 하나가 놀란 듯 버럭 소리를 내질렀다. 상유라 불린 그 간자는 서둘러 악준기의 손목을 움켜쥐지 않은 손을 들어 올리며 멈추라는 신호를 보냈다.

그가 웃으며 말했다.

"워워, 진정하라고. 지금 내 손에 누가 있는지 잊은 건 아니겠지? 내가 지금 마음만 먹는다면 무슨 일이 벌어질지 다들 알 거 아냐."

말과 함께 상유의 시선은 자신의 손에 이끌려 마차 바깥으로 끄집어 내려진 악준기를 향했다. 그는 시체를 연상케 할 정도로 새하얀 얼굴로 숨을 헐떡이고 있었다.

상유의 얼굴에 맺힌 자신감 가득한 얼굴.

마교의 소교주가 자신의 손안에 있었고, 조금 힘을 주는 것만으로 숨을 끊는 것 또한 가능한 상황이었다.

마극파천대 무인 중 하나가 분한 듯 외쳤다.

"이 배신자!"

"배신자? 하하!"

상유는 배신자라는 말에 크게 웃음을 터트렸다. 그러고는 이내 고개를 저으며 말을 이었다.

"말은 정확하게 해야지. 난 배신자가 아니야. 원래부터 저쪽 편이었거든."

"……"

조롱하듯 말하는 상유의 모습에 마극파천대 무인들 모두가 아무런 대꾸조차 하지 못했다.

자신들이 지켜야 할 악준기가 그의 손안에 있었고, 구해낼 방도가 없다는 사실에 막막함을 느끼고 있었기 때문이다.

상유에게 끌려 나와 거의 쓰러질 듯이 비틀거리는 악준기의 모습을 바라보는 양사창의 얼굴엔 만족감이 가득했다.

계속해서 눈엣가시와도 같았던 자다.

어쩔 수 없이 살려 뒀었지만, 예전부터 얼마나 제거하고 싶었던 자이가 천무진이 날뛰는 바람에 예정보다 훨씬 이른 시기에 죽이게 되긴 했지만, 원래부터 언젠가는 제거해야 할 상대였다.

자기 몸 하나 제대로 가누지 못하고 있는 악준기를 보며 양사창은 자신의 계획이 제대로 먹혔음을 느꼈다. 흑사오공의 독이 그를 꼼짝도 하지 못하게 만든 것이다.

양사창이 입을 열었다.

"잘난 소교주님께서 꼴이 말이 아니군요. 그러게 얌전히 계셨으면 적어도 몇 년은 더 살았을 텐데 왜 그리 설쳐 대서는 죽음을 자초하십니까."

말과 함께 양사창은 천천히 손을 들어 올렸다.

그의 손이 움직이는 것에 따라 주변을 포위하고 있던 수하들도 조금씩 움직이기 시작했다.

이곳에 있는 소교주 쪽 인물들은 단 한 명도 살려 보낼 수 없었다.

양사창이 말을 이었다.

"마교는 제가 알아서 할 터이니 걱정 말고 이만 가시……."

그때였다.

"큭, 큭큭큭!"

갑자기 들려온 웃음소리.

그리고 그 웃음소리가 터져 나온 것은 전혀 예상치 못한 곳이었다.

웃음을 터트린 건 상유에게 팔목을 잡힌 채로 비틀거리고 있던 악준기.

바로 그였다.

잠시 황당한 표정을 짓고 있던 상유가 이내 미간을 찌푸리며 중얼거렸다.

"웃어? 이게 실성을 했나. 아직 상황 파악이 안 되는 모양인데 넌 이제 곧 죽을……."

말과 함께 막 쥐고 있던 팔목을 비틀려고 하는 그때였다.

퍼억!

갑자기 뻗어진 악준기의 반대편 손이 정확하게 상유의 가슴을 꿰뚫었다.

전혀 예상치 못한 상황에 그 모습을 보고 있던 양사창이 움찔했다.

허나 가장 당황한 건 가슴을 꿰뚫린 상유, 본인이었다.

상유가 지금 이 상황이 믿기지 않는다는 듯 눈을 크게 치켜뜬 채로 자신의 가슴에 틀어박힌 손과 그 공격을 펼친 악준기를 번갈아 바라봤다.

그 순간 악준기가 입을 열었다.

"……죽는 건 내가 아니라 너다."

말과 함께 몸 안에 틀어박힌 악준기의 손에서 내력이 쏟아졌다. 동시에 이를 버티지 못한 상유의 몸이 터져 나갔다.

굳이 확인할 필요도 없는 즉사.

갑작스러운 상황에 적과 아군 모두에게서 침묵만이 감돌고 있을 때였다.

악준기는 상유가 움켜쥐고 있던 자신의 팔목을 툭툭 털었다.

그렇게 고개를 든 악준기의 얼굴은 아까와는 전혀 달라져 있었다. 핏기 하나 느껴지지 않던 새하얀 얼굴은 평소처럼 돌아와 있었고, 고통스러워하던 표정은 거짓말처럼 사라졌다.

거기다 방금 전 뿜어낸 내공까지.

양사창은 돌변한 악준기의 모습을 보며 뭔가 일이 잘못되었음을 느꼈다.

'……뭐지?'

밀려드는 불안감.

이 불안감의 정체가 무엇인지 알게 되기까지는 그리 오래 걸리지 않았다.

악준기가 입을 열었다.

"이제 나오시지요."

그 정체 모를 한마디에 마극파천대의 수하들 중 하나가 천천히 걸어 나왔다. 동시에 그는 손으로 자신의 얼굴을 가볍게 쓸어내렸다.

그리고 손이 지나가는 것에 맞춰 그 뒤편에서는 새로운 얼굴이 모습을 드러냈다.

중년의 사내였던 얼굴이 젊은 인물의 것으로 바뀌었다. 그리고 그 얼굴은 양사창 또한 잘 아는 이의 것이었다.

양사창의 얼굴이 창백하게 변했다.

십천야의 일원인 그조차도 당황하게 만든 인물.

천무진이었다.

그가 악준기를 향해 입을 열었다.

"고생했어."

천무진의 그 한마디에 악준기가 빙긋 웃으며 답했다.

"별말씀을요."

＊　　＊　　＊

소교주 악준기를 제거하기 위해 준비된 계획들.

단언컨대 천무진 쪽이 개입할 거라고는 단 한 번도 생각한 적이 없을 정도로 은밀히 진행된 일이었다.

그런데 놀랍게도 양사창이 준비힌 그 계획들을 천부진은

미리 알고 있었다.

그 모든 것의 시작은 바로 당자윤부터였다.

오래전 무림맹 별동대의 사건 이후부터 천무진은 계속 당자윤을 감시해 왔다. 별동대를 버리고 도망친 그가 멀쩡히 살아서 돌아왔고, 그 외에도 뭔가 미심쩍은 구석이 많았다.

그를 의심하게 된 것에는 그가 도망친 이후 십천야 쪽 인물들로 추정되는 이들이 별동대를 기습한 일이 가장 컸다.

그래서 그가 별동대의 은신처를 발설한 것이라 판단하지 않았던가.

그 이후부터 당자윤이 십천야와 모종의 관계를 맺은 건 아닐까 의심해 왔다.

그랬기에 계속해서 비밀리에 당자윤에게 사람을 붙여 왔는데, 최근 들어 감시하는 인원을 더욱 늘린 상황이었다.

그가 사천을 떠나 귀주성으로 움직인 탓이다.

당자윤은 욕심이 많은 사내였다.

그런 그가 굳이 스스로 청해서 본가인 사천을 떠나, 외지인 귀주성으로 움직였다는 사실이 의심을 불러일으켰기 때문이다.

사실 말이 쉽지 사천당문의 핏줄인 당자윤을 하루 종일 감시한다는 건 말처럼 쉬운 일이 아니었다. 그는 세가 내에서 많은 시간을 보냈으니까.

그럼에도 불구하고 그것이 가능할 수 있었던 건 적화신루의 노력도 있었지만, 무엇보다도 현재 사천당문에서 가장 큰 힘을 지닌 당소련의 도움 덕분이었다.

천무진 일행에게 몇 번이고 신세를 진 그녀가 은밀히 도움을 준 덕분에 사천당문의 인물인 당자윤을 하루 종일 감시하는 것이 가능해졌다.

그러던 중 당자윤이 늦은 저녁 사천당문의 귀주 분타에서 독을 모아 놓는 불귀당에 들어갔다.

애초에 당자윤이 드나들 수 있는 장소였기에 그건 그리 특별하지 않았지만, 불귀당에서 나온 이후에 그는 곧장 바깥으로 나갔다.

혹시 모를 상황을 대비하여 끝까지 쫓지는 않았다.

하지만 그러한 움직임이 수상쩍다는 판단을 내리는 건 어렵지 않았고, 그 때문에 곧바로 불귀당 내부의 것들을 샅샅이 수색했다.

사실 당자윤은 알지 못하겠지만 그를 감시하기 위해 적화신루 쪽에서 몇몇 수를 써 둔 것이 있었다.

개중 하나가 바로 환족분(幻足粉)이라는 가루였다.

그 가루는 무척이나 신기한 물건이었는데 겉보기에는 전혀 티가 나지 않는다.

허나 이것이 특별한 용액과 만나면 어둠 속에서 은은한

야광 빛을 토해 내는데, 이런 환족분이라는 가루를 당자윤의 신발 밑창에 주기적으로 발라 두었던 것이다.

덕분에 당자윤의 뒤를 캐던 인물은 그가 불귀당 내부에서 어디로 향했는지를 알아낼 수 있었다.

흑사오공이 있던 자리.

그곳에서 멈추어 섰던 발자국과 다른 곳으로 가지 않고 이내 불귀당을 떠난 것까지 확인했다. 덕분에 당자윤이 흑사오공을 몰래 빼돌렸을 거라는 사실까지 사전에 알아 둘 수 있었던 것이다.

그리고 그 정보는 곧바로 백아린에게 전달되었고, 이는 당연히 천무진에게도 알려졌다.

당자윤의 수상쩍은 움직임에 대해 들은 천무진은 그 흑사오공이라는 독을 품은 지네가 십천야의 손으로 들어갔을 거라 여겼다.

그렇다면 지금 그들이 흑사오공을 통해 죽이려 하는 표적은 과연 누구일까?

천무진은 둘 중 하나로 여겼다.

무림맹주 추자후, 마교 소교주 악준기.

물론 천무진은 그 둘 중 후자에 더욱 비중을 뒀다. 무림맹주를 노렸던 거라면 차라리 무림맹과 아예 밀접해 있는 사천당문의 본가에 자리한 독을 이용하는 것이 더욱 현명

한 선택이라 판단했으니까.

후보를 두 명으로 압축한 천무진은 곧장 무림맹 쪽으로 전서구를 날렸다.

혹시 모를 상황에 대비하라는 것으로, 흑사오공에 대한 것도 알렸다.

그리고 그건 소교주인 악준기에게도 마찬가지였다.

그렇게 모든 방비가 끝난 상황.

허나 단순히 피하는 것만으로 만족할 수 없었다.

천무진과 악준기는 오히려 이걸 기회로 삼는 것에 뜻을 모았다.

악준기 스스로가 표적이 되어 마교에 오랫동안 숨어 있던 십천야를 뿌리째 뽑아내기 위해 오히려 알면서도 당해 주는 연기를 하기로 정한 것이다.

거기다가 사전에 천무진이 교주 쪽에 심어 놓은 마교에서 세 손가락 안에 드는 커다란 가문인 전왕묵검가의 가주인 채륜 또한 큰 몫을 해냈다.

일이 벌어지기 하루 전, 채륜은 내부에서 일고 있는 미묘한 움직임을 감지했다.

별건 아니었지만 여러 곳에서 적지 않은 무인들이 각자 그날 임무를 위해 떠나거나, 아니면 병가를 내는 등 여러 가지 방법으로 자리를 비울 핑계를 만든 것이다.

물론 이것이 아니었다고 해도 사전에 준비를 해 뒀으니 쉽게 당하지 않았겠지만 이런 단서들을 통해 더욱 확실히 준비를 끝마쳐 둘 수 있었다.

천무진과 악준기는 오히려 십천야의 인물인 양사창이 짜 놓은 함정을 역으로 이용한 셈이었다.

거기다가 의선을 통해 미리 흑사오공의 해독약까지 구해 두었으니, 설령 물린다고 할지언정 치명적인 상황은 피할 수 있었다.

그렇게 모든 계획이 맞아떨어지는 순간.

지금 이렇게 오랫동안 마교에서 몸을 감추고 있었던 양사창을 끄집어내 마주할 수 있었다.

악준기를 호위하는 수하로 역용술을 펼치고 있던 천무진이 기다렸다는 듯 모습을 드러냈고, 그 모든 일들을 눈으로 목격한 양사창은 깊은 절망을 느껴야만 했다.

'……내가 당했다고?'

양사창은 지금 이 상황을 인정하고 싶지 않았다.

거치적거리는 천무진의 존재로 인해 계속해서 피해를 입었고, 그걸 만회하기 위해 지금의 계획을 준비한 것이 아닌가.

그런데 오히려 자신이 준비한 그 계획으로 인해 스스로가 천무진 앞에 모습을 드러낸 꼴이 되어 버렸다.

거기다 지금 이건 자신이 죽는 것으로 끝날 만큼 단순한 문제가 아니었다.

마교의 모든 일들을 통솔하고 있던 양사창이 죽는다면?

물론 누군가가 대신하긴 하겠지만 적어도 오랜 기간 그 자리를 지켜 왔던 양사창만큼 완벽하게 모든 일을 도맡는 건 불가능했다.

생각지도 못한 상황에 양사창이 흔들리고 있는 그때였다.

사람들 틈에서 모습을 드러낸 천무진이 천으로 감싸 두었던 천인혼을 꺼내어 들며 입을 열었다.

"어이, 아까까지만 해도 신나게 떠들어 대더니만 그새 입에 꿀이라도 발랐나 봐?"

천무진의 목소리와 눈동자가 정확하게 양사창을 향하고 있었다.

십천야 중 하나일 거라고까지는 확신하지 못했지만, 적어도 이 무리를 이끄는 수장이 누구인지는 알아차린 상태였다.

순식간에 날아들며 길목을 막은 수많은 창들.

거기다가 모습을 드러내며 뿜어낸 기운까지. 결코 만만한 실력자가 아니라는 건 이미 눈치를 채고도 남았다.

자신을 향해 도발적인 언사를 내뱉는 천무진의 모습에

가까스로 정신을 추스른 양사창이 힘겹게 입을 열었다.

"대체…… 어떻게 알아차린 거지?"

"아쉽게도 나한테는 꽤나 뛰어난 동료들이 있어서 말이야."

천무진이 어깨를 으쓱하며 답했고, 그 순간 뒤편에서 다른 누군가가 앞으로 걸어 나왔다.

마찬가지로 마극파천대의 일원 중 한 명의 얼굴을 하고 있던 그의 얼굴이 천무진 때와 마찬가지로 천천히 변하기 시작했다.

그렇게 드러난 또 한 명의 얼굴.

상대의 얼굴을 확인한 양사창은 머리가 지끈거리기 시작했다.

천무진 하나만으로도 이미 기겁을 했던 상황이다.

그런데 천무진의 옆에 와서 선 인물이 바로 대홍련의 부련주, 단엽이었다.

나란히 선 두 사람의 옆으로 다가온 소교주 악준기까지.

무려 세 명에 달하는 괴물들이 지금 양사창과 그가 이끌고 온 이들을 마주하고 있었다.

상황이 이렇게 돌변하자 방금 전까지만 해도 절망 가득한 표정을 짓고 있던 열 한 명의 마극파천대 무인들 또한 기세가 치솟을 수밖에 없었다.

그런 그들과 마주하고 있는 양사창의 속내는 무척이나
복잡했다.

숫자로는 자신들의 훨씬 압도적이었지만 지금 눈앞에 있
는 자들은 이 정도로 어찌할 수 있는 상대가 아니었다.

소교주 또한 무림에 크게 이름을 날리는 고수였지만 그
하나였다면 양사창에겐 전혀 걱정할 거리가 아니었다.

제아무리 악준기가 독에 당하지 않았다고 한들 자신이
그에게 질 거라는 생각은 들지 않았으니까.

허나 문제는 그 외의 두 명이었다.

특히나 천무진은 자신이 감당할 수 있는 상대가 아니었
다.

천무진과 단엽 두 명이 동시에 나타난 지금.

사실 지금의 무인들만을 데리고 싸운다면 승패는 불 보
듯 뻔했다.

자연스레 양사창은 슬쩍 천무진 일행의 뒤편을 바라봤
다.

이런 상황에서 양사창에게 믿을 구석은 가장 먼저 소교
주 무리를 기습했던 수하들밖에 없었다.

마극파천대의 대주인 파융과 싸움을 시작했을 그들.

그 숫자가 무려 백여 명에 달할 정도로 많았으니, 시간을
끌어 그들이 이곳에 올 수만 있다면 가능성이 아예 없는 건

아니다.

그렇게 양사창이 헛된 기대를 하던 그때였다.

뒤편을 바라보는 그의 시선에서 속내를 읽은 천무진이 안됐다는 듯 말했다.

"아, 먼저 소교주를 기습한 이들이 지원을 올 거라는 기대를 하고 있는 것 같아서 하는 말인데, 그런 희망은 버리는 게 좋을 거야. 그쪽에도 이미 내 동료가 가 있거든."

이번 일에 투입된 것이 비단 천무진과 단엽 두 사람뿐일 리가 없지 않은가.

처음부터 마극파천대의 무인들 속에는 지금 이 두 사람을 제외하고 나머지 일행인 백아린과 한천 또한 숨어 있었다.

물론 두 사람도 얼굴을 바꾼 채로 자리하고 있었지만 말이다.

처음 절반 정도의 병력만 소교주를 지키기 위해 따라붙으며 자연스레 이렇게 두 개로 나뉘어져 각자의 임무를 수행하게 된 상황이었다.

천무진이 가볍게 어깨를 풀며 말을 이었다.

"거기 있는 녀석들이 상당히 강해서 말이야. 네가 데리고 온 놈들의 숫자가 아무리 많아도…… 그 녀석들은 못 당할걸."

마극파천대의 나머지 병력과 소교주를 위해 자신의 목숨을 헌신짝처럼 버리려 했던 충성스러운 수하인 파융의 목숨은 그곳의 두 사람에게 전적으로 맡겨 둔 상태다.

그리고 천무진은 그곳에 대해 조금의 걱정도 하지 않았다.

그만큼 두 사람을 믿으니까.

남은 건 이곳에 모습을 드러낸 저 정체불명의 무인들을 모조리 쓸어버리고, 그들의 신분을 파악해 마교에 남아 있을 십천야 쪽의 세력들을 몰아내는 것이었다.

그리고 그걸 위해 가장 먼저 해야 할 일은…….

'십천야로 보이는 저놈부터.'

이번 작전을 짜면서 결국 마지막엔 십천야 쪽에서도 꽤나 높은 위치에 있는 자가 모습을 드러낼지도 모른다 생각했다.

소교주를 노리는 작전이니만큼 마교 내에 숨어 있는 이들 중에서도 급이 되는 자가 나설 거라 여겨서다.

그리고 생각대로 나타난 상대는 제법 강해 보였다.

천무진이 떠보듯 말을 던졌다.

"나름 꽤나 치밀하게 준비한 함정인데 그래도 대어가 걸려 다행이야. 십천야가 직접 나타나 주다니 생각보다 더 큰 성과인데."

상대가 십천야일지도 모른다 생각하고 던진 말이었다.

그 말에 양사창은 잠시 움찔했을 뿐, 그 외에 별다른 대구는 하지 못했다.

그리고 그런 모습을 보며 천무진은 자신의 떠보기가 제대로 먹혔다는 걸 확인할 수 있었다.

말대로 힘들게 준비한 함정.

그곳에 빠진 이가 다른 자도 아닌 십천야 중 하나라는 걸 알게 되자 천무진은 더욱 이번 작전이 성공적이었다는 생각이 들 수밖에 없었다.

상대가 십천야의 하나라는 걸 알자 자연스레 투지가 솟구쳐 올랐다.

천무진의 시선이 선두에 자리하고 있는 양사창에게 강렬히 틀어박혔고, 이내 손이 움직이려고 하는 그때였다.

"주인."

"……?"

천무진은 자신을 부르는 단엽의 목소리에 옆으로 슬쩍 고개를 돌렸다. 그러자 그곳에 자리하고 있던 단엽이 손에 낀 권갑을 어루만지며 입을 열었다.

"저놈 내가 상대하고 싶은데."

"왜?"

"좀 궁금했거든. 그 십천야라는 놈들이 얼마나 강할지."

천무진과 백아린은 몇 차례 십천야의 인물들과 겨룬 적이 있었지만 단엽에게는 그런 경험이 없었다. 그랬기에 예전부터 궁금했다.

자신이 쫓고 있는 그들이 어떠한 자들인지.

그리고 이번에 대홍련의 련주 자리와 관련된 일련의 일들이 생기며 십천야에 대한 궁금증은 더욱 커져만 가던 중이었다.

그랬기에 궁금했다.

이들이 얼마나 강한 자들인지.

그리고 또 자신이 모든 걸 걸 만한 가치가 있는 적인지도 알고 싶었다.

흔들림 없는 단엽의 목소리에서 그의 생각을 읽어서일까?

금방이라도 양사창에게 달려들려던 천무진이 이내 옆으로 한 걸음 물러서더니, 고개를 끄덕였다.

"원한다면."

"고마워 주인. 나중에 술 한잔 살게."

말과 함께 단엽이 히죽 웃어 보였다.

그러고는 앞을 향해 몇 걸음 내디디며 이 모든 상황을 그저 보고만 있을 수밖에 없던 양사창을 향해 도발적인 눈빛을 쏘아 보냈다.

단엽이 입을 열었다.

"들었지? 네 상대는 내가 된 거 같은데."

"……건방진."

단엽이 괴물 같은 재능을 지닌 자라는 건 안다. 하지만 그렇다고 해서 양사창은 자신이 질 거라 생각하지는 않았다.

천무진이라면 모를까 단엽 정도는 이길 자신이 있던 양사창이다.

위협적인 무인이라고는 생각하지만 그렇다고 해도 그는 새파랗게 어린 자다. 십천야의 한 명으로 중원을 지배하게 될 자신과 비교한다는 것 자체가 불쾌한 일이었다.

양사창은 믿었다.

자신은 특별한 존재라고.

꼭 자신뿐만이 아니었다. 십천야라는 이름을 받은 그 모두가 보통의 무인과는 다른 특별한 이들이라 여기며 자랐다.

어릴 때부터 그리 생각했고, 결국 이렇게 꿈을 이뤄 엄청난 무인으로 성장했다.

그런 자신을 상대로 싸워 보겠다며 나선 젊은 무인 단엽.

그의 모습에 불쾌함이 치밀었다.

'고작 대홍련의 부련주 따위가…….'

양사창은 자신을 앞에 두고 오히려 싸움을 걸어오는 단엽에게 본때를 보여 주기로 마음을 먹었다.

천무진은 앞서 소교주를 호위하던 마극파천대를 기습한 수하들이 돌아오지 못할 거라고 했지만 지금으로선 그쪽에 기대를 걸어 보는 수밖에 방도가 없었다.

그렇지 않다면…… 오늘 이곳이 자신의 무덤이 될 테니까.

수하들이 합류하는 것에 일말의 희망을 걸며 양사창은 양쪽의 손을 움직였다. 그의 손아귀에는 두 자루의 검이 들려 있었다.

두 자루의 검을 사용하는 쌍검술의 달인.

거기다가 양사창의 쌍검은 외향이 무척이나 독특했다. 긴 검신의 끝부분이 마치 톱날처럼 홈이 파져 있었던 것이다.

그 모습이 마치 맹수의 이빨을 연상케 했다.

상대를 베기보다는 찢어 버린다는 느낌을 주는 검.

차앙!

검을 양쪽으로 뻗은 양사창이 복면 위로 드러난 미간을 잔뜩 구긴 채로 입을 열었다.

"그리도 죽고 싶다면야…… 죽여 주지."

경고와 함께 다가서는 양사창과 마주한 단엽이 가볍게 고개를 꺾었다.

두둑, 두두둑.

이 싸움은 평소처럼 강한 자와 붙어 보고 싶다는 이유만으로 시작된 것이 아니었다. 련주 직을 맡는 것과 관련하여 자신이 곧 내려야 할 결정을 위한 싸움.

몸을 푼 단엽이 권갑을 낀 주먹을 앞으로 내민 채로 웃어 보였다.

단엽이 말했다.

"부탁이니까 날 재미있게 해 달라고."

〈다음 권에 계속〉

마법군주」 발렌 작가의 신작!

『정령의 펜던트』

"정령사는 말이지, 되고 싶다고 해서 되는 게 아니야.
그냥 그렇게 태어나는 거지.
날 때부터 정해진 운명 같은 거라고."

dream
books
드림북스

『제왕록』,『무림에 가다』시리즈의 작가 박정수
그가 거침없는 현대 판타지로 돌아왔다!

『신화의 전장』

주먹을 믿지 마라.
우리가 살아가는 이 땅에 인간을 벗어난 자들이 존재한다.

dream
books
드림북스

ETAN 이탄

ORIGINAL FANTASY STORY & ADVENTURE

쥬논 판타지 장편소설

〈흡혈왕 바하문트〉, 〈샤피로〉, 〈하라간〉을 잇는
쥬논의 사대신수 시리즈, 그 마지막 이야기!

혹독한 훈련을 받고 가문을 위한 희생양으로서
다른 차원으로 보내진 이탄.
듀라한으로 다시 태어난 그는 신관이 되어
본래 세계로 돌아갈 방법을 찾기 시작한다.

dream books
드림북스

DREAMBOOKS ★